U0045791
因為不是真正的夥伴
而被逐出勇者隊伍，
流落到邊境
展開慢活人生10
Banished from the brave man's group,
I decided to lead a slow life in the
back country.10
ざっぽん
插畫／やすも
Kadokawa Fantastic Novels

CONTENTS

Banished from the
brave man's group,
I decided to lead
a slow life in the
back country.10

「我好高興……
好像作夢一樣」

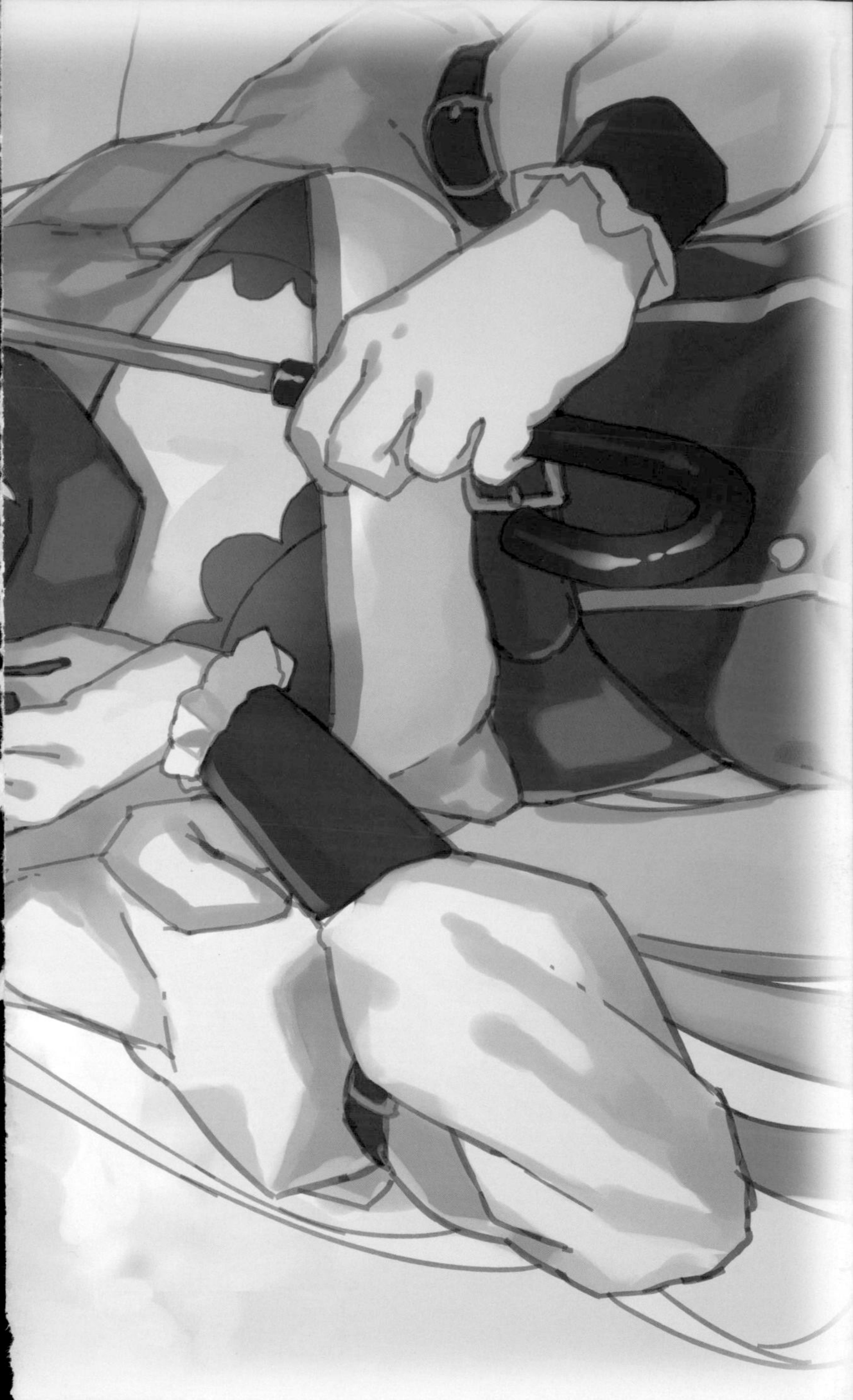

ざっぽん
插畫／やすも

因為不是真正的夥伴而被逐出勇者隊伍，流落到邊境展開慢活人生10

Banished from the brave man's group, I decided to lead a slow life in the back country.

Kadokawa Fantastic Novels

CHARACTER

雷德
（吉迪恩・萊格納索）

因為被踢出勇者隊伍而決定到邊境展開慢活人生。曾立下許多戰功，是除了露緹以外最強的人族劍士。

莉特
（莉茲蕾特・渥夫・洛嘉維亞）

洛嘉維亞公國的公主，曾為英雄的冒險者。沉浸在與心愛的人一起生活的滿滿幸福中且傲期已結束的前傲嬌。

露緹・萊格納索

雷德的妹妹，體內寄宿著人類最強加護「勇者」。擺脫加護的衝動後，在佐爾丹兼職當藥草農家與冒險者，過著快樂的生活。

媞瑟・迦蘭德

擁有「刺客」加護的少女。身分是殺手公會的精銳殺手，但現在暫時停工，與露緹一起經營藥草農園。

亞蘭朵菈菈

能夠操縱植物的「木之歌者」高等妖精。好奇心旺盛，漫長的人生由數不清的冒險故事點綴。

達南・拉博

結束療養生活，拚勁十足的人族最強「武鬥家」。無法理解慢生活的概念，純粹的肉體派。

梵・渥夫・弗蘭伯格

另一名「勇者」。故國遭到魔王軍毀滅的亡國王子。經過雷德等人的引導，開始思考「勇者」的意義何在。

愛絲葛菈妲・迪亞斯（愛絲妲）

隱藏真實身分的蒂奧德萊。其強大與經驗獲得青睞，因而受僱援助勇者梵。是一名為遲來的初戀迷惘的覆面傭兵。

菈本妲

小小的仙靈。在叢林裡與梵相遇、愛上了梵，硬是要追隨他而加入勇者隊伍。恣意妄為且對人類毫無興趣，只有梵在她心中占有特別的地位。

序章

很久以前的事

很久以前。

要說到底是多久以前，就是比前任勇者打倒前任魔王，人類時代從魔王帝國遺址開始的時代再更久之前。

也就是人類在這個大陸仍只是少數種族的時期。

那個時候並沒有佐爾丹這種名稱。

從前住在這裡的木妖精們，以各式各樣的名字稱呼流於此地的河川。

早上會以「映出從大山脈升起的朝日河川」這種說法來稱呼。

白天會以「魚兒活跳跳的白色河川」這種說法來稱呼。

傍晚會以「聆聽昆蟲振翅聲的時間」這種說法來稱呼。

晚上會以「兩顆月亮在流動舞蹈」這種說法來稱呼。

木妖精們具有「萬物流變」這樣的價值觀，所以會避免取上固定的名稱，並且用形容的方式來敘述這個世界。

在他們眼裡，今天的景色與明天的景色看起來就像不同的世界。

不過，只有一個地方，就是現在人稱佐爾丹的這塊土地，木妖精們是以一個不曾變化的名稱來稱呼。

「勇者災厄」。

這也是很久以前的事了。

第一章 他們的配角的故事

雷德&莉特藥草店。

沐浴著早上的陽光，我為了驅除睡意而做體操。

昨天才對抗勇者梵，並從仙靈聚落歸來。

所有人平安生還一事令我欣喜，也像這樣回到原本的日常生活。

不過也有無法恢復原狀的事物。

「銅劍斷了啊。」

斷掉的銅劍立著靠在我家門邊。

我的劍在與梵對戰的時候斷成兩截。

而我遞給梵的另一把銅劍在戰鬥結束後收回來時，也歪曲到無法收進劍鞘。

這是因為那把劍承受不了「勇者」的武技。

不過，那想必也是武技威力降低的一大原因。

「如果不是用銅劍戰鬥，自己早就死了吧。艾瑞斯把劍硬塞給我的時候，我是下定決心要遠離那種逐漸削減生命般的戰鬥，才意氣用事地拿來用，還真沒想到會被銅劍救了一命。」

而且不只這一次。

神・降魔聖劍（Sacred Avenger）讓露緹的「勇者」加護失控那時，我和露緹的戰鬥也是因為銅劍的脆弱才讓我們兩個得救。

「還在旅行的時候我追求強大的劍，不過有些事物是停下腳步開始慢生活之後才看得見啊。」

劍術之道十分深奧。

「等我上了年紀，要不要在鎮上開間道場呢。」

「你怎麼突然講這種話啊？」

莉特從窗戶探出身子這麼說道。

我已經跟莉特互相道過早安。

由於我們睡同一張床，幾乎都是一個人醒來後另一個人就會在同一時間醒來。

如果是對方還在睡覺的狀況，我們離開床鋪時都會注意不吵醒對方，可是很不可思議地，儘管沒有說好卻在同一時間醒來。

我們今天早上也是以帶有睡意的惺忪目光，互相笑著打招呼說：「「早安。」」

雖然微不足道，卻是幸福的一天的開始。

「到鎮上開道場啊……我是不是也該教人曲劍呢？」

「妳要讓曲劍在佐爾丹也引起流行嗎？」

「曲劍很棒喔，靠這一把無論什麼狀況都能應對！」

「我們騎士團的正規武器是長劍和軍刀，不太知道該怎麼運用曲劍啊。」

「雷德＆莉特流劍術道場，能教人的課程只有銅劍和曲劍的課程呢。」

「嗯，這劍術道場也太罕見了。」

我曾旅行至各種城鎮與村落，從沒看過這種組合的道場。

歸根究柢來說，是沒看過專門教銅劍的道場啦。

曲劍也一樣，流行曲劍的地區絕對不多。

洛嘉維亞會有很多人使用，是因為五十年前哥布林王大入侵那時，洛嘉維亞公國僱用的南方傭兵們使用曲劍的影響。

大展身手後獲准直接移民的傭兵們傳播南方的戰術，使得洛嘉維亞公國的軍事能力變強。

北部各國當中只有洛嘉維亞流行曲劍就是因為這樣的來由。

「這種劍明明很方便呢。」

阿瓦隆大陸的人們使用的劍當中，曲劍仍屬於冷門類別的狀況，好像讓莉特不太能接受。

……若要提議採用曲劍作為騎士團的基本武器，我也會猶豫就是了。

「嘚──」

看見我的表情，莉特鼓起臉頰拿出練習用的曲劍遞給我。

「接續晨間的體操！我要教導雷德怎麼使用曲劍！」

「我還在當騎士的時候，其實有學過曲劍的一整套用法。」

「那是讓自己知道怎麼運用的訓練嗎？」

「不，那種訓練讓人知道曲劍是怎樣的一把劍，進而懂得如何與曲劍能手戰鬥。」

「那樣子沒辦法傳達曲劍的魅力喔，必須要找確實了解曲劍優點的人來教才行。」

我從莉特手上接過曲劍。

「那就請妳教我什麼叫充滿曲劍愛的基本功吧。」

「包在我身上！我的特訓會灌注對曲劍和雷德的愛，讓雷德也成為曲劍能手！」

莉特說完這句話便害羞地臉紅了。

真是可愛。

＊　＊　＊

曲劍這種劍，是大幅度彎曲到劃出半圓的雙刃劍。

活用其彎度，可以做到讓劍尖越過護盾觸及對手，以及將騎在馬上的對手拖下來等用法。

相對地，由於彎曲程度相當大，重心與一般的劍不同而難以運用，還有攻擊範圍不大的特性應該算是缺點吧。

「洛嘉維亞的劍士會說，仰賴攻擊範圍的人沒辦法當好一名劍士。如果想要較大的攻擊範圍那就不要持劍，拿長槍之類的就好。具有能將手上的劍發揮至極致的技術，才是身為一名劍士的鐵證喔。」

莉特熱烈地如此論述。

又大又長的武器很帥氣，可是無論對手武器的攻擊範圍有多麼優異，其刀刃觸及我方身體之前，我方的武器也會有一段可以觸及對方武器的距離。

武器愈長，持握處與尖端的距離就會愈遠。

阿瓦隆尼亞王國的劍術易於壓制遠離持握處的部位，還可以用靠近自己劍格的部位擋下對手的劍尖並轉為反擊，被視為理想的防禦形式之一。

如果遇上沒有什麼技術，只靠蠻力使用長劍的對手，熟習防禦招式的人用一把小刀就能輕鬆撂倒對方。

「對於曲劍能手來說攻擊距離短並不是什麼劣勢，來，雷德你也把劍拿好！」

我以莉特遞給我的練習用曲劍擺出架勢。

「嗯……這樣有點不太對呢。」

莉特一繞到我的背後，她的手就從我身後伸過來，調整我的姿勢。

「右手再往上一點，手腕要再更高……對對，就是這樣。」

她真的如字面意思手把手教我。

「我自認是模仿莉特平常的架勢……」

「我的架勢是應用，基本姿勢要這樣。你看，就是之前教導艾爾那時的姿勢喔。」

艾爾啊，那孩子跟我們一起度過的日子，現在已有種令人懷念的感覺。

他現在好像是以獨當一面的冒險者身分大展身手。年輕的天才劍士艾爾……甚至有人這麼稱呼他。

他今後應該也不會再回來佐爾丹，想必有好一段時間不會再見到他吧。

「不過我覺得艾爾回到故鄉的時候，看見這間店應該會很安心。」

「是啊，這間店或許已經沒有能為艾爾的冒險派上用場的那種厲害藥物，可是最初

的冒險一輩子都不會忘記。」

「這可能也是當藥商的一大樂趣呢。」

我們倆這麼說道並一起歡笑。

後來我和莉特兩人花了一段時間揮舞曲劍，揮灑汗水。

＊　＊　＊

「都陳列好嘍！」

「有人預訂的藥也都檢查過了！」

我們急忙準備營業。

這是因為和莉特一起流汗實在太開心，不禁花了很多時間。

我們也因此無法及時開店，預估開店時間會晚個十分鐘。

「不過這也很有佐爾丹的風格呢！」

「要是有客人一大早過來，就倒茶請他等一下吧。」

如果在王都來這套，想必會惹客人生氣呢。

然而這裡是佐爾丹，無論是自己等待還是讓人等待，大家都絲毫不在意到令人訝異的地步。

假如是之前還在旅行的我，想必會覺得等待的時間明明可以做很多事情，因而煩燥不已吧。

……那段時期，我該做的事情可是多得不能再多了。

只靠幾個人來扭轉世界規模大戰爭的勝負。

我們旅行的目的就是使用「勇者」的力量強硬達成這個目標。

巨大戰線縱貫整個大陸。各國不停敗北與撤退。

沒辦法有隻身衝進遺跡，打倒邪惡魔法師或者巨龍就能了事的圓滿大結局。

魔王軍可是具有高階指揮體系的軍隊。失去指揮官之後，其他指揮官就會迅速接續指揮。

當然了，失去指揮官多少會引起混亂。

可是軍隊本身不會崩潰。

必須要以「勇者」個人的力量造成與軍隊間的戰爭同等程度的損害。

幾名戰士堆積起幾千幾百座屍山，才好不容易能在一個戰場上取勝。

這要重覆幾次才能將縱貫整個大陸的戰線往回推？

我覺得，就算那是神所決定的「勇者」職務，也太過不切實際了。

所以我行動的目的，就是讓「勇者」的力量在這場戰爭中，營造出人類方的軍勢能取勝的戰場。

夥伴們休息後，我會用「雷光迅步」到附近的城鎮繞一繞收集情報，與率領當地軍勢的將軍們交涉，擬定戰略。

要保護哪裡，還有捨棄哪裡全靠我一個人來決定……自己沒辦法找露緹商討，因為「勇者」無法下達捨棄他人的判斷。

所以必須由我做決定。

「雷德。」

莉特把手放上我的臉頰後這麼說道。

她手心的溫暖把我的意識從思考中拉回來。

「我們今天也開心地度過吧！」

「嗯，一定會是開心的一天。」

那些日子都已經過去。

沒有閒暇休息的戰役造成我很大的心靈創傷，但那也因為與莉特一同度過的日子，還有露緹從「勇者」當中解放一事，讓我得到救贖。

差不多半年前，我只要手邊碰不到劍就沒辦法入眠呢。

那時的自己真的無法像現在這樣，在劍已斷裂，手上沒有任何武器的狀態下內心安穩的過日子。

這時傳來了「喀啷」的聲響。

「歡迎光臨！不好意思，我們還沒準備好營業。如果您不急，可不可以請您喝杯茶稍作等待呢？」

「這當然沒關係，有茶可以喝，真令人高興呢。」

來店裡的顧客是半矮人老婆婆，她這麼說完安穩地笑了。

＊　＊　＊

過了上午十點，晨間顧客的人潮也告一段落。

冬季期間因為寒冷而不出門的佐爾丹人，天氣變暖和後似乎會積極外出了。

不過再暖和一點，佐爾丹人就會受不了夏季炎熱而不想出外行走呢。

現在是最適合活動的時期。

「今天天氣真的很好呢！」

莉特從窗戶探出身子這麼說。

今天是很有春季風情的晴朗天空。

在佐爾丹短暫的春季期間，能望著今天這種天空的日子不知道還有幾天呢。

這麼一想，就覺得今天這一天更加惹人憐惜。

我站到莉特身旁，和她一起望著窗外那片遼闊的天空。

撫過臉頰的春風十分舒服。

雖然這個世界充斥戰事，但這裡確實存在著安穩的時光。

與珍視的人比肩望向外頭。

比起以前身為騎士，或者以英雄身分所受到的讚賞，這寧靜的時光更能讓我感受到幸福。

作為英雄的資質是什麼呢？

我只是為了守護露緹而打算變強，並沒有追求所謂英雄的榮耀。

「莉特妳呢？之前想要變強，是因為追求作為英雄的榮譽之類的嗎？」

「嗯——我想想喔。」

莉特由於風吹得很舒服而瞇起眼睛，像是在回憶與我開始慢生活之前的自己。

「和榮譽有點不一樣吧，我是想要順著自己的想法而活。」

「順著自己的想法？」

莉特是洛嘉維亞公國的公主。

洛嘉維亞公國是知名的軍事大國，與彼此結盟的阿瓦隆尼亞王國以外的周遭各國之間有著各種外交問題，洛嘉維亞的王侯貴族都有傾向於武家門第的氣概。

儘管如此，像莉特這種偷偷跑出王宮，隱藏身分當冒險者的公主還是十分罕見。

「不是只有我喔！大家都把我講得像個不良公主，可是父親大人年輕時也是跟師父一起隱藏身分，為了讓世界變得更好而踏上旅途啰！和當時還是皇太子卻做出那種事的父親大人相比，沒打算繼承領地的悠哉公主到外頭大鬧一番根本不算什麼吧！」

「原來如此，莉特會那麼蠻橫原來是像父親大人啊。」

「年輕時是那副德行的父親大人在繼承王位、結婚生子之後，一直都被說成既正經又嚴格的國王陛下，很奇怪對不對！」

莉特覺得很有趣地笑出聲。

「不過莉特妳很喜歡父親大人吧？」

「嗯，無論是想為國家當個既嚴格又冷靜國王的一面、愛家又溫柔父親的一面，還是想作為一名劍士順從理想大鬧一番的一面，我都很尊敬懷有許多相互矛盾的情感卻不捨棄任何一面，活出自我本色的父親大人。」

我也曾經和洛嘉維亞王說過幾句話，不過只有看見他能冷靜看透戰局，身為賢君的那一面。

對於我們這種外人，能夠選擇將洛嘉維亞公國最為精銳的兵團——近衛兵隊的指揮權交出來的國王。當時是個騎士的我，也知道做出那種選擇需要多大的勇氣。

當時他想必也懷有悔恨吧，畢竟要將自己國家的命運交給別人。

他是可以接受這種事實的人。

「呵呵，在雷德你們面前，父親大人的確只有露出那種表情呢。不過，父親大人對雷德你們那麼說的那天，晚上練劍時可是把練習用的曲劍弄斷了喲。」

「練習用的曲劍……原來有這回事啊。」

「想必是心神不定顯現在劍法上了吧，父親大人那樣的高手竟然會把劍弄斷……」

我們以勇者隊伍的身分造訪洛嘉維亞時，莉特曾與我們對峙。

她想證明只靠自己國家的人就能守護祖國，打算推翻將近衛兵隊的指揮權賦予勇者隊伍的決定。

莉特會那樣，有一部分原因應該是她的師父蓋烏斯就是近衛兵隊隊長……不過其中大概也包含她父親無法僅靠自身力量守護國家的悔恨吧。

「回到一開始的問題，我為什麼要翻出城牆當冒險者呢？」

面對外頭景色的莉特重新轉向我這邊。

由於我們在同一道窗戶並肩站著，兩人的距離近到能夠感受對方的體溫。

「我並不是想成為英雄，雖然到頭來被稱為英雄莉特，那只是結果，不是目的。」

「那對莉特妳來說，冒險是什麼呢？」

「是自由喔。我想要順著自己的心，自由自在地生活。因為想幫助誰才會奔走、因為有無法饒恕的惡徒才去戰鬥、想當個公主的時候就展現公主的言行舉止……我是因為喜歡洛嘉維亞才打算拯救它。這全都是依照自己心裡的想法，完全地自由自在……所以我不想侷限在英雄的框架內。」

「侷限在英雄的框架內，是嗎？」

「對，就是身為英雄的形象。勇敢無懼、不會落淚、人人憧憬的理想楷模，這樣的存在不是我想成為的。如果不想死就逃跑、想哭的時候就哭、想生氣的時候就生氣，我想要像這樣自由自在地過日子。」

「原來如此，這理想很棒，很有莉特的個性。」

「這就是我啟程冒險的原因。現在也一樣沒變。」

莉特把手繞過我的脖子，緊緊地抱住我。

「自由自在的我，是以自己的意志待在這裡。想和雷德一直待在一起的我的意志。無論是還在冒險時，還是像這樣和雷德互相擁抱、沉浸在幸福中的時候，一直沒變。」

「莉特真是堅強啊。」

就是因為與這樣的莉特一起過日子，我才有辦法重新振作起來。

我把手繞到莉特的背後，也緊緊地抱住她。

「謝謝妳，莉特。」

「呵呵，我也要謝謝你，雷德。」

我也是以自己的自由意志與莉特一起待在這裡。

就在滿溢這樣的思緒時……

門鈴「喀啷」一聲響了起來。

我們立刻分開裝成什麼事都沒有，並假裝在做店裡的工作。

「「歡迎光臨。」」

我們雖然已經退隱，但還是身經百戰的戰士。

在店門打開進入客人視野之前，從互相擁抱的狀態切換為認真工作的狀態，可說是輕鬆無比。

「今天是這麼舒服的好日子卻還認真工作，真是令人欽佩啊。」

「紐曼醫生。」

來到店裡的人是紐曼醫生。

「如果有下單，我們會送過去啊。」

「天氣真的很舒服，我也想偷懶一下出來散散步呢。今天是個好日子喔。」

我點頭同意紐曼醫生所說的話：

「我也是想著等一下要跟莉特一起去散個步。」

「這想法不錯呢。嗯，止痛藥來兩打，止血劑與繃帶也要。」

「這量不少呢，要我送去診所嗎？」

「不必了，我年輕時可是揹著藥箱的旅行醫生，這點量對我來說不算什麼喔。」

紐曼醫生把我陳列好的藥放進他的皮製包包中。

「……劉布樞機卿狀況怎樣？」

「已經脫離險境嘍。由於施以治療魔法的時機太晚，他不僅暫時無法行動，應該也會留下傷痕，不過沒有生命危險了。他的生命力可真驚人，而且想要活下去的意志也強到一般人根本比不上。」

「畢竟他可是在那個聖方教會的大本營爬到樞機卿高位的人。」

「佐爾丹很難找到那種類型的人呢。」

紐曼醫生的表情蒙上一道陰影。

劉布樞機卿現在在紐曼醫生的診所裡。

劉布樞機卿好像是被失控的勇者梵刺殺而倒下。

他的傷勢嚴重到假如是一般的冒險者便會當場死亡，不過劉布樞機卿擁有上級加護「樞機卿（Cardinal）」，加護等級也高到足以擔任勇者梵的夥伴一同旅行。

最幸運的是他倒下的場所是旅店，所以比較早被發現，因而有辦法接受醫療處置。能立刻前去救助的只有加護等級較低，僅會使用較弱治療魔法的術者，不過就算那樣，還是大幅度延長劉布樞機卿瀕死的期間，爭取到紐曼醫生趕去救助的時間。

「……這樣好嗎？對紐曼醫生來說，劉布樞機卿是殘害恩師的仇人吧？」

劉布樞機卿以前為了庇護資助自己的一些醫師，將教導過紐曼醫生醫學，可以說是紐曼醫生師父的醫師視為異端分子並將其放逐。

「是啊……我當然憎恨他，也想把他殺掉。只要有那麼一點點的手誤，劉布應該早就死去了吧。」

「救助仇人想必很難熬，可是殺死樞機卿以後，紐曼醫生你也不會好過。就算是醫療疏失，不，正是因為紐曼醫生具有『醫師』加護，醫療疏失就會被視為沒有盡好加護的責任而被人找麻煩，從聖地過來調查的異端審問官必定會把你帶走。」

「醫生有了疏失就被說是異端分子可就太難受了。我當然有在注意不要有疏失。」

「要是死了一個樞機卿，教會也會採取強硬的態度。所以……把劉布交給其他診所應該比較好吧？」

紐曼醫生搖搖頭。

「雷德，我啊……其實對教會的教誨並沒有那麼虔誠。再怎麼說以前都見識過異端審問官有多麼狠毒。可是這次的事件我還是不禁感謝神明喔。」

「感謝？」

「我對劉布說出一切。不僅身子動彈不得，還得知憎恨自己的人掌握著生殺予奪的大權，就連那個劉布都會因為恐懼而繃起一張臉……甚至乞求我饒恕他。」

「我想也是，劉布他是為了生存，無論對誰都可以低頭的那種人。」

「不過我不會原諒他，今後的人生也一定會持續恨著他吧。」

紐曼醫生的表情不同於平時的溫和，而是蘊含晦暗怒火。

「可是你沒有殺掉劉布。」

「這是當然，我可是醫師。無論多麼憎恨，都會以醫師的身分拯救劉布的性命。那就是我承繼自師父的，身為一名醫師該有的態度。師父沒道理地失去雙手，卻還想留下知識給我、打算拯救病人。我身為師父的弟子，能跟劉布做個了結的方式就是這樣。」

「做個了結？」

「事到如今，我終於試圖跨越令自己痛苦的過往了。」

「這樣啊，那紐曼醫生一定要治療呢。」

我這麼說之後，紐曼醫生便笑了出來。

紐曼醫生確認好藥物後，將包包揹到肩上。

「謝謝，我想我大概是希望有誰能聽自己講這些吧。」

「如果不介意說給我這普通的藥商聽，我們隨時都可以聊聊喔。尤其紐曼醫生又常來光顧。」

「這只是普通的醫生跟普通的藥商平凡無奇的談話啊。」

紐曼醫生這麼說完露出微笑，然後便回自己的診所了。

店裡變得很安靜。

「大家心裡都懷著各式各樣的思緒呢。」

莉特十分感慨地這麼說道。

就像我和莉特一樣，來店裡光顧的每一名客人都有各自的故事。

每段故事的沉重程度都沒有區別。

「所以我才討厭露緹身為『勇者』就該單獨背負世界命運的說法。」

每個人都在活出自己的故事。

那些故事的結局，真的可以單純交由天生分配到「勇者」加護的少女，以及分配到「魔王」加護的惡魔這兩者的戰鬥來決定嗎？

所有其他的人，都只是「勇者」與「魔王」故事中的配角嗎？

「我相信並不是那樣。無論戴密斯神的旨意如何，人的意志應該都有意義才對。」

重點不在於天生分配到「勇者」的責任，而是只要具有想拯救世界的意志，無論誰都是勇者。

而且就算不像「勇者」那樣擁有最強的力量，假如由一群人同心協力而不是單槍匹馬，也一定能拯救世界。

「現在回想起來。」

莉特一副想起什麼事的樣子開口：

「我在洛嘉維亞妨礙雷德你們到那種地步，你對我卻沒有那麼無情，和剛才說的那些是不是也有關聯呢？」

「戰術上我覺得真的是在給我們添亂，不過莉特妳認同我們是勇者、知道我們的實力，卻仍想要靠自己的意志拯救祖國的姿態看起來十分帥氣喔。」

「嘿嘿嘿。」

「而且自信滿滿地衝出去卻失敗的樣子十分可愛。」

「唔咕。」

莉特表情變得僵硬，臉也有點紅了起來。

不過那時的莉特對抗我們的意識太過強烈，並沒有完全掌握魔王軍的戰力。

魔王軍可沒有弱到在我方沒有注意戰鬥對手的狀況下還有辦法取勝。

然而——

「再過一陣子露緹不當勇者即將滿半年，但戰況好像還不差的樣子。」

「人類方好像在逐漸取勝。」

人類有段時期持續敗退，不過勇者露緹大展身手後有爭取到重整態勢的時間。

魔王軍的軍事實力遠遠凌駕阿瓦隆大陸各國的軍事實力，不過魔王軍是越過大海來侵略這個大陸，所以物資上是人類方較多。

戰爭初期人類並沒有集結，各國分別以自己的思維來應戰，結果就是每個國家都被魔王軍逐個擊破。

就算魔王軍攻進鄰國，人類國家也沒有單純到可以直接跨越對方國境，逕自派遣援軍加以支援。

戴密斯神是不是覺得邪惡的魔王軍攻打過來，人類就會集結至勇者身邊呢？

實際上就算世界明天就要滅亡，人類國家還是會考量到後天的國力平衡而無法援助他國。

不過目前各國宣告中立，本質上偏倚魔王軍的維羅尼亞王國也站回人類這一方，阿瓦隆大陸各國幾乎是團結一心應戰。

相較之下，魔王軍則是失去侵略的重心——身為航空機動戰力的風之四天王甘德魯與飛龍騎兵。此外，先前壓制河川的水之四天王亞托拉也在與愛絲妲的戰鬥中敗退，海蛇部隊也崩潰了。

魔王軍失去了支撐巨大戰線，具有機動力的兩大部隊後無法維持戰線，受其占領的土地也漸漸被奪回來。

當然，魔王軍的強大並沒有改變，不過就我預測，人類方可以就這樣以物資數量上的差距一直反壓回去。

「可是問題就在戰線縮小之後啊。」

魔王軍放棄先前占領的土地、縮小戰線後，後勤就撐得下去。

人類方的反擊恐怕會在舊弗蘭伯格王國國境的要塞停下來吧。

戰線陷入膠著後，一般來說會締結和約、結束戰爭……可是魔王軍目前從未對人類表達外交性質的意願，也不曉得他們願不願意交涉。

就算有哪位英雄般的軍師以極其罕見的作戰突破要塞，將這個大陸上的所有魔王軍殲滅，人類的造船技術與航海技術還是無法確保前往暗黑大陸的航線。

人類不可能攻進魔王軍的領土，無法完全去除魔王軍的威脅。

「反正呢，思考那些事情的責任在君王或將軍頭上嘍。」

「是啊，畢竟我們連魔王軍發起戰爭的目的都不曉得。」

莉特聳聳肩這麼說道。

「如果說因為是神選定為邪惡的軍團就停止思考，我覺得也不太對。我想，這一代魔王應該有什麼目的。」

再怎麼思考都得不出答案。

不對，或許是我之前都要自己不去思考這件事。

不同於正義「勇者」打倒邪惡「魔王」的故事，這是找出「勇者」與「魔王」加護存在意義的故事。

這個故事想必會成為宛若挑戰神與世界的壯闊冒險吧。

以前的我為了找尋讓露緹從「勇者」解脫的方法，便調查了關於「勇者」的資訊。

我利用阿瓦隆大陸最大的國家阿瓦隆尼亞王國的精銳——巴哈姆特騎士團的副團長地位，將所有紀錄都調查完了。

儘管如此還是找不出答案，更進一步的資訊只能去聖方教會的聖地——萊斯特沃爾大聖砦的祕密書庫調查吧。

只對教父或樞機卿開放，據說保存著神之代理人——聖方教會一切歷史的祕密書庫當中，或許能夠找到接近「勇者」與「魔王」之意義的某樣東西。

對於現在的我來說，那也是過去的往事……我原本是這麼想的。

「對於今後要踏上旅途的勇者梵，我得在佐爾丹這裡盡我所能幫忙才行。」

既然梵要作為「勇者」而戰，我身為以前曾與「勇者」一同旅行的「引導者」，想必應該負起責任。

「所以你打算什麼時候前去古代妖精的遺跡？」

莉特這麼問我。

「畢竟我沒想過梵居然會刺殺劉布樞機卿啊。」

「這代表梵當時的狀況不穩定到那種地步呢。」

「沒想到『勇者』的加護會以那種狀態失控。不過『勇者』失控這種事也是聖方教會的教義中不該有的東西，沒有留下紀錄也理所當然吧。」

正義的「勇者」迷失自我而打算殺害夥伴。

不曉得其他勇者是否也有過這種狀況呢？

「我打算明天去看看劉布樞機卿的狀況，再決定接下來該怎麼行動喔。」

「那我們今天悠哉一點，維持在明天可忙可不忙的狀態吧。」

「說得也是，明天的煩惱就留待明天再思考吧。」

我說的這句話，使得坐在身邊的莉特露出潔白的牙齒微笑。

今天就思考到這邊，接下來要專注在與莉特一同度過的時光。

＊　＊　＊

「差不多該煮午餐啦。」

「太好了——！」

聽見莉特很開心的聲音，我也開心了起來。

我是去年夏季時分開始與莉特一起住。

雖然像這樣為莉特煮午餐早已變成日常生活的一部分，莉特還是每次都很開心地為此感到喜悅。

因為她說的那些話全出自真心，我這個做飯的人自然也是無比開心。

儘管今天並不是什麼特別的日子……

「好，今天我就加把勁，做些美味的菜色吧。」
「真的？到底要做什麼菜呢！」
「我想想啊，今天就做一道春季時蔬佐牛排吧。」
「不是牛排佐春季時蔬？」
「不是，春季時蔬是主菜，牛排是配菜。」
「當季的蔬菜的確很好吃呢，我很期待喔！」
我與莉特這興奮的嗓音道別，往廚房移動。
好了，就來發揮渾身解數烹飪午餐吧。
我從櫃子裡拿下來的是，代替藥物費收到的一人籃春季蔬菜。
「每個看起來都水嫩水嫩耶，趁還很好吃的時候趕快吃一吃吧。」
我手上拿的洋蔥所散發的香味，讓我確信它會很好吃而笑出來。
肉品雖不昂貴，但這些蔬菜可是一級品。
果然還是將蔬菜當成主角比較好吧。
用奶油將豌豆、蘆筍、洋蔥與彩椒燉煮到十分柔軟。
灰粉褶蕈、油菜就跟大蒜炒在一起。
彩椒放上鯷魚起司再用烤箱烘烤。

然後再加上用橄欖油清炒的蔬菜。

肉品則是原本打算買來做燉牛肉的里肌肉。

為了讓肉變嫩，我有好好地用刀斷筋，並且敲打後再烹飪。

醬汁是以番茄為底，調整成與蔬菜也很搭的口味。

做完午餐時，已經大幅度超過平常吃午餐的時間。

雖然每一道菜色都不難做，但以家用廚房來製作，種類太繁雜……或許我有點認真過頭了。

最後再準備白麵包，並且在水壺裡加入切片檸檬和香草。

「讓妳久等了，莉特！幫我把菜端到桌上吧！」

「我就在等這一刻！」

莉特開心似的嗓音從店面那邊傳來。

＊　＊　＊

掛上午間休息中的看板。

因為有兩個人在，所以輪流休息就不需要閉店……這種事後諸葛的合理性，相較於與莉特一起吃午餐的幸福時光根本就不算什麼。

「我開動了——！」

刀子劃過就會滲出肉汁的牛排。

有著奶油的甜味，色彩繽紛的燉煮蔬菜。

油菜的綠色帶來春季氣息的蒜炒蔬菜。

紅色的彩椒蓋有濃稠的起司，吃進嘴裡後鯷魚的香氣與美味就會擴散開來。

隨意擺盤的燒烤蔬菜正是因為菜色本身單純，好像光用看的便能體會到春季時蔬的新鮮美味。

從倒了水的杯子裡頭飄出些許檸檬與香草的香氣。

莉特開始吃起蒜炒蔬菜。

「呵呵呵，好好吃！」

莉特綻放笑容這麼說道。

「首先，口感很棒！」

灰粉褶蕈與油菜都脆脆的，口感很好。食材本身新鮮，口感就更明顯。

「而且跟牛排很搭。」

第二口吃了牛排的莉特這麼說道。

牛排是煎成裡面還帶有些許粉紅色的程度，也就是七分熟，柔嫩到刀子一劃過去就能切開。

雖然不是昂貴的肉品，但有做過充分的事前處理，以及配合肉質的煎法，就成了一道容易入口的牛排。

「嗯——！今天的午餐也很幸福！」

莉特開心的嗓音對我而言是最棒的報酬。

我也像莉特從蒜炒蔬菜開始吃。

與莉特一起吃的蒜炒蔬菜比自己試味道的時候美味許多。

＊　＊　＊

用完午餐，我們便回到工作崗位上。

過了一陣子——

「莉特——妳在嗎——！」

傳來了音量不大，卻連隔著一道門的屋內都能聽得很清楚的聲音。

「是菈本妲啊。」

「我討厭雷德！呸——！」

進入店裡的是小小的仙靈。

看見我的臉，菈本妲便吐出小小的舌頭那麼說道。

「我被討厭了啊。」

「雷德是傷害梵的人類，在時間完全消逝之前我最討厭你！」

她儘管這麼說卻沒來攻擊我，我想這算是有建立良好的關係吧。

再怎麼說，對方在隨心所欲的仙靈當中也是很特殊的存在。

災害仙靈計都。

那是菈本妲真正的名字。

那小小的樣貌是束縛並壓抑本質後的樣貌。

能與莉特、露緹她們倆拚搏得不相上下的神話級大仙子（Arch Fay）。

那似乎還不是她完全解放力量的結果，要是她認真起來，實力或許會超越魔王軍四天王。

「要是在我們旅行的時候也有菈本妲，戰鬥一定會輕鬆許多啊。」

「我沒打算跟梵以外的人旅行！而且我是因為梵說很可愛，才會中意這個外貌。如果不能維持這個外貌所能使出的全力，甚至不會跟梵一起旅行！」

「上次那樣是例外嗎？」

「畢竟那時梵的狀況很差……你救了梵，我是有點感謝你沒錯……但這不會改變你傷害了梵的事實，所以我非常討厭你！」

菈本妲又生起氣來瞪我。

我露出苦笑，把視線移向位在菈本妲後方的愛絲妲。

「雖然嘴上說那些話，她好像還是將露緹閣下的隊伍視為正統的隊伍了喔。」

愛絲妲在面具底下笑了出來。

「說起我們的隊伍，就是尚未成熟的勇者梵、陰晴不定的災害仙靈菈本妲、貪婪且庸俗的樞機卿劉布、想成為引導者的我這個面具可疑人士，再加上侍奉我這個人，四處奔走的亞爾貝……就連目的都各不相同。」

「要是四處奔走能幫上各位的忙，我可是求之不得喔。」

來到店裡的是菈本妲、愛絲妲與亞爾貝這三人。

「我也討厭愛絲妲！」

菈本妲對愛絲妲吐舌後，飛到莉特身邊。

「欸，莉特！我們來聊戀愛的話題吧！愛絲妲每次都只會講些無聊事！」

「等工作結束再說嘍。」

「那要不要我拿金塊過來？價值比開這種店能拿到的碎銀還要高很多吧？只要我稍微去要脅仙靈們，她們馬上就會拿過來嘍。」

「說什麼『這種店』，真是失禮耶。」

我插嘴之後，菈本妲馬上又吐出舌頭。

基本上大仙子大多受到其他仙靈仰慕，立場有如仙靈聚落首領的存在……但我也多少能理解菈本妲受到其他仙靈排斥的狀況。

不過會有這種狀況，實際上應該不是因為她個性相當差勁這種接近人類思維的理由，或許是她身為災害仙靈這種屬性面的問題。

「你在想什麼失禮的事情吧？」

「沒這回事喔，我單純只是深入探討仙靈這種存在而已。」

仙靈雖然具有智慧卻不近似人類，是比較接近怪物的存在。

我知道不太應該把人類的思維套在仙靈身上，但還是不禁明確地想像任性的菈本妲欺凌力量弱小的仙靈的模樣。

沒有理會我這樣的想像，菈本妲與莉特繼續交談。

「確實，如果靠菈本妲一下子就能拿到錢呢。」

「嗯，人類居然為了小小的碎金和碎銀那麼拚命，有夠奇怪！那種東西一下子就能收集到了嘛！」

「可是對我來說，與雷德一同工作的這段時光，比任何財寶都還要有價值喔。」

莉特的話語讓菈本妲露出「哦哦」這種有點訝異的表情。

對於在一旁聽著的我來說那句話挺令人害羞，不過和菈本妲交談時，像那樣直截了當地傳達心裡所想似乎比較好。

「既然是為了莉特的戀情那就沒辦法呢，我在裡面邊喝紅酒邊等吧。」

菈本妲好像把這裡當成她家一樣，輕鬆自在地飛去起居室了。

真是的，仙靈可真難應付。

然而人類的道理對仙靈不管用。

像我這樣聳聳肩一笑置之是最好的應對方式。

「菈本妲就那副德行，可是愛絲妲妳來這裡到底有什麼事？」

「不好意思叨擾兩位了，其實我本來打算只和亞爾貝一同前來，可是一說要去雷德的店裡，那個菈本妲就說要跟來。雖然會給人添麻煩，但這是好徵兆。」

「沒事的，我不討厭和菈本妲談戀愛話題。菈本妲就算無法理解人類常識那一類的事物，也不會對有好感的對象做出令人討厭的事情喔。」

「這樣啊，菈本姐從未對我懷有好感，所以我不曉得。」

「你們的旅行真是前途多舛呢。」

「說得沒錯。」

莉特的話語讓愛絲妲笑了出來。

「剛才是問我來這裡的目的吧。」

「嗯，如果是想來喝杯茶我就去泡。」

「那也麻煩你泡茶了。呵，其實我來這裡的目的也不是什麼需要特別期待的事……單純只是來向你們報告梵的狀況，還有討論今後的冒險而已。」

「這樣啊，雖然對菈本姐說了那些，但我是不是現在就該離開工作崗位，和妳討論比較好？」

「不，我也等到傍晚吧。那並沒有急迫到必須打擾你們倆共處的時間。」

愛絲妲輕笑一聲這麼說道。

愛絲妲現在變得很通人情，要是她的舊識看見她這樣想必會很驚訝吧。

「既然如此。」

莉特好像想到什麼事情這麼開口。

她的臉上露出滿足的笑容。

好像在想什麼壞主意似的。

「從這裡稍微走一段路的地方有間咖啡廳，那裡的咖啡很好喝喔。」

「咖啡啊，可是特地走過去也有點……」

「難得來到佐爾丹平民區，沒喝過那咖啡太可惜嘍。又沒什麼關係，就去一下嘛，跟那邊沒事可做的亞爾貝兩個人一起去呀。」

「跟亞爾貝兩個人一起去！」

愛絲妲一副很慌張的樣子說道。

……這個人，光只是這樣就會臉紅啊。

就算是我，和莉特重逢以後兩人單獨用餐時我都能保持平常心……我自認是這樣。

我腦袋裡浮現曾被半妖精娜歐說過「你又不是青春期的孩子」這種話的一段記憶，但我決定不在意這件事。

「可是，讓亞爾貝走到那種地方也令人過意不去。」

「咦？可是那對正在旅行的我們來說不是多遠的距離喔。那間店我去過好幾次。」

「亞爾貝你以前在這鎮上住過吧……可是我們今天是來談梵的事情，應該沒必要特地離開這間店鋪。」

「說得也是，可是這有點可惜。以前曾是我夥伴，名為麗婭的女性曾帶我去過，而且就如莉特小姐所說，那裡的咖啡真是一絕。」

「……什麼？你和女性單獨去過？」

愛絲妲的表情變了！

不，她戴著面具所以看不出表情，不過她內心動搖到就算戴著面具也看得出來。

「又不是青春期的孩子。」

我不禁說出聲來。

莉特噴笑，亞爾貝則是搞不清楚怎麼回事。

「是的，那是佐爾丹冒險者公會剛介紹麗婭當我的候補隊員的時候。我們需要互相建立信賴關係，因而對其他夥伴找藉口說我還不習慣佐爾丹這個地方，兩人時常一同用餐的時期。」

「這樣子啊……」

那個愛絲妲垂頭喪氣了。

不過愛絲妲從孩提時代至今，腦袋裡一直只有信仰與武術，是個純粹無比的聖堂騎士。毫不顧慮教會的權力鬥爭，專注於訓練騎士的槍術代理師傅之任務，也沒有以後要擁有自己教區的野心。

她是認為自己的人生就是要嚴以律己地面對工作的那種人。

到了現在，她才嘗試自由自在地生活，現在也有了墜入愛河的經驗。

打個比方來說，她那樣就像一直作為商人過日子的人，第一次持劍戰鬥一樣吧。

會對對方的一舉一動做出誇張的反應，使出旁人看起來覺得有趣又好笑的劍法也是很正常的事。

愛絲妲現在就是那種狀況。

無論如何，以我這種旁觀者的角度來看，實在很有趣。

「雷德，你在想什麼失禮的事情吧。」

「沒有沒有。」

愛絲妲好像很怨恨我似的瞪著我。

我苦笑並幫了她一把。

「愛絲妲是讓亞爾貝作為從者四處奔走吧？」

「唔，我並沒有……」

「慰勞從者不也是騎士的責任嗎？」

「……說、說得也是呢，咳。」

愛絲妲表達同意後，好像很刻意地清了清喉嚨。

不，她剛才那是真的很刻意地清了喉嚨。

她很不會抓講話的節奏呢。

「啊——亞爾貝。」

「是。」

「我一直受到你的幫助。對騎士來說，能信賴的從者可是比任何魔法武具都難以取得的存在。」

她講話繞來繞去真是讓聽的人都著急。

莉特拚命地不讓他們發現她在嘻嘻笑。

「這應該不算什麼很好的犒賞……要不要和我一起喝個咖啡？」

「謝謝妳，那間店的咖啡真的很好喝，請務必讓我帶路過去。」

「唔、嗯，拜、拜託你了……」

愛絲妲話也說不好地如此回應。

這是她和我們一同旅行那時一定看不到的景象，是在蒂奧德萊變為愛絲妲以後才看得見的。

雖然我沒有根據……我覺得愛絲妲會比還是蒂奧德萊的時候變得更強。

如果是現在的愛絲妲，一定不會像以前那樣因為無法企及勇者的強大，而苦惱自己到底能做些什麼。

她讓我這麼覺得。

「那個，晚點我也有事要拜託雷德先生。」

「嗯，亞爾貝有事要拜託我？」

亞爾貝的視線從愛絲妲那邊轉向我說道。

他的表情十分認真。

於是我從椅子上站起來面對他。

「今天討論結束後，能不能和我過過招呢？」

愛絲妲看似很訝異地看向亞爾貝。

不過臉上馬上浮現安穩的表情。

「雷德，我也拜託你。」

愛絲妲也這麼說了。

＊　＊　＊

亞爾貝的境遇和我呈現對比。

我們兩個都是力量不足，而被以前隸屬的隊伍驅逐。

我是因為「引導者」加護有其極限。

亞爾貝則是無法發揮「冠軍」加護的力量。

不過在遭到驅逐後，我就死了心而追求起慢生活，亞爾貝則是沒有死心並以成為英雄為目標。

亞爾貝的狀況是我以前有可能選擇的另一條路。

傍晚。

我和莉特關店，菈本妲自顧自地打開我家的紅酒喝個不停，愛絲妲和亞爾貝從咖啡廳回來之後。

我和亞爾貝拿起練習用的木劍在後院對峙。

「畢竟不曉得討論今後的事會花多少時間，就在天黑前先解決我們倆的事吧。」

「非常謝謝你，雷德先生。」

亞爾貝以爽朗暢快的嗓音向我答謝。

他整個變成給人好印象的青年了啊。

「所以說，那傢伙會贏嗎？」

菈本妲把裝在小杯子裡的紅酒喝進肚裡並且這麼問道。

她好像打算觀戰。

「如果是我知道的亞爾貝，我想應該很難取勝，愛絲妲妳覺得呢？」

對於這麼回答的莉特，愛絲妲搖了搖頭。

「當然沒有半點勝算。」

「什麼嘛，明明不會贏卻還要戰鬥，人類盡是做些沒意義的事呢。」

「重點並不在取勝，戰鬥本身才有意義。劍士可是比妳想的還要深奧許多喔。」

「我聽不太懂。」

愛絲妲默默地在一旁守望著亞爾貝。

「已經可以進攻了嗎？」

「嗯，想從哪攻過來都行喔。還是由我主動出擊比較好呢？」

「不必。」

亞爾貝以左手持劍擺出架勢。

他以前與我戰鬥時失去了右手，現在是以義手彌補右手的部位，但義手沒辦法使出足以御劍的那種既纖細又強力的動作。

亞爾貝已經無法使用他以前帶在身上的雙手剛劍。

「由我先進攻。」

亞爾貝的身影消失了。

「武技：飛燕縮！」

瞬時縮短距離並加以攻擊，這是加護等級較高的劍士愛好的武技。

若是對上怪物，這可以說是特別優秀的武技之一。

「咕唔！」

亞爾貝被我的木劍捅進腹部，整個身子彎折起來。

「雷德！」

莉特發出驚訝的聲音。

「唔哇，雷德那傢伙真是不留情耶。居然那麼用力給他打下去。」

菈本妲皺起一張臉。

我沒有在意她們，從蹲下來的亞爾貝身前後退一步。

「飛燕縮只會一直線地朝對手行動，衝刺的距離也都是固定的。對於理解這點的對手來說，是很容易預測的武技。」

「呼、呼……所以你以前才那麼容易就化解我的魔劍呢。」

亞爾貝花了點時間整理呼吸並站起來。

「唔！」

這次他不使用武技，而是大幅跨出左腳後再突刺。

我右腳後退閃開突刺，同時在亞爾貝肩上施加一擊。

「唔、唔唔……」

亞爾貝按著肩膀倒了下去。

雖然用的是木劍，但這是我認真使出的一擊。

我有自信單靠這一擊就讓一般的劍士無法戰鬥。

「感覺好痛……雷德該不會討厭亞爾貝？」

莅本妲這麼說，莉特好像也有點疑惑的樣子。

然而——

「亞爾貝！」

愛絲妲大喊。

「無論你身受多嚴重的傷，我都會把你治好！你就戰到心甘情願為止！」

「謝……謝謝妳，愛絲妲小姐！」

我等待亞爾貝站起身來。

看見他有辦法再行動後，這次由我主動攻擊。

壓制住他用以反擊的武技，將他打倒在地三次。

接下來，戰鬥就持續到亞爾貝再也站不起來為止。

＊　＊　＊

「辛苦了，你口很渴吧？」
「謝謝，我就不客氣了。」
亞爾貝接下我遞給他的杯子。
愛絲妲的治療魔法治好了他的傷勢，可是消耗的體力沒辦法用魔法恢復。
被打成那樣就算睡上一整晚也不奇怪。
亞爾貝能像這樣一副疲憊不堪的樣子，坐著休息就了事，也是滿厲害的。
愛絲妲她們回到室內，不過我和亞爾貝要在外面休息一陣子再回去。
「這樣就好了嗎？」
「是的，雷德先生願意和我認真打一場，感覺舒暢許多了。畢竟上次我還搞不清楚狀況就輸掉了啊。」
我上次對戰亞爾貝的時候，他是任憑激情揮劍而輸給我。
「我知道就算再和你打一次也贏不了，可是我不想一直維持在搞不清楚狀況的狀態下，想要好好戰鬥，知道自己怎麼輸的、為什麼會輸……我想要好好了解改變自己人生的劍。」

「你右手的事情，我真的很抱歉。」

「我們那時可是互相殺戮，你沒殺掉我就分出勝負算是很留情了。而且也有很多事物在失去以後才有辦法看見。」

亞爾貝邊撫摸右手的義肢這麼說道。

「我的加護比以前提升許多，我想自己應該有變強。可是作為一名劍士就沒有那麼自在了。」

「失去慣用手還能變強的達南可說是例外中的例外。」

亞爾貝的劍法果然還是缺乏活力。

雖然突刺夠快，卻沒有精確度與魄力。

若要將用上雙手的劍術變更為單靠左手的劍術，需要練好以前覺得不合理的動作，這並不是那麼容易的事。

「劍術是愛絲妲教你的吧？」

「你看得出來啊。」

「畢竟那個隊伍裡，能教你單臂劍術這種應用方式的人只有愛絲妲，要猜到還滿簡單的。」

「哈哈，與其這麼說，不如說愛絲妲小姐和我以外都沒有那麼重視武術呢。」

「我想也是。」

我們想像愛絲妲辛勞的樣子而露出苦笑。

「我很弱小。」

「沒那回事，現在的亞爾貝就算在中央的冒險者公會也能夠堂堂正正地說自己是B級冒險者了吧。若有不錯的夥伴，連A級都有可能企及。」

「可是還沒達到和勇者一同旅行也能戰到最後的地步吧？畢竟我和自己的加護並不搭。」

「…………」

「我八成會在旅行途中死去吧。」

亞爾貝以安穩的表情說道。

「就是為了不要演變成那種狀況才戰鬥的吧？」

「是啊，可是我做好心理準備了。」

我不知道該對他說什麼才好。

我想對他說，如果打從一開始就有赴死的打算，那還是不要旅行比較好。

可是我有資格否定亞爾貝的意志嗎？

「所以我才想在離開佐爾丹踏上旅途之前，知曉雷德先生認真起來的劍法。畢竟像這樣和雷德先生見面，還有目睹佐爾丹的城鎮，這次或許就是最後一次了。」

亞爾貝站起身來。

他腳步有點不穩。

「這場戰鬥我打得很開心，非常謝謝你。」

「……等我一下。」

我急忙回到家裡，把收在倉庫深處的包裹拿出來。

「這個借你。」

「這是？」

亞爾貝把包裹解開。

裝在裡頭的是有缺損的長劍。

「這是我還在旅行的時候持續保養的愛劍。」

「雷德先生的劍！」

「名稱是喚雷劍。是在古王的地下墳墓拿到的寶劍。擋下勇者露緹的一擊後就變成這樣了。」

「擋下了勇者一擊的劍。」

「對，就像你看到的，這把劍損壞了，不過從損壞的部分折成兩截，找個厲害的工匠重新鍛造尖端部分，應該就可以成為一把剛好適合左手使用的單手劍。」

「要折斷英雄的劍？」

「這是為了讓下一名英雄使用，這把劍本身想必也希望能這樣。」

亞爾貝浮現看似困擾的表情。

他似乎是在煩惱自己配不配得上那把劍。

亞爾貝還沒有辦法發揮他全部的實力。

而且亞爾貝也曾在佐爾丹這裡被視為罪犯而遭到逮捕。

他不曉得自己有沒有辦法成為被稱作英雄的存在。

然而——

「之前和你對戰的時候也說過吧，我認為你是一名英雄。」

「雷德先生有對我說過，我具有英雄所需要的意志……可是我到現在還是不曉得是否真有那麼一回事。」

「如果是我，應該沒辦法拚上自己性命去阻止失控的梵吧。」

「咦？可是雷德先生不是成功阻止了梵嗎？」

「那是因為我打造出自己會贏的狀況。假如是亞爾貝對抗梵的那種狀況，我就不會去戰鬥。」

「……不過我也只是拚命爭取時間而已，要是愛絲妲小姐她沒過來，我就會毫無意義地死去。」

我搖搖頭。

「可是你贏了。以不屈不撓的意志力贏過實力絕對高過你的人。我可模仿不來。」

我的加護「引導者」沒有能夠引起奇蹟的那種技能。

我十分了解，有些事情靠自己的力量無法達成。

這代表沒辦法取勝就撤退是我的思考邏輯，也是我的極限。

「這把劍配得上你，你能不能收下喚雷劍呢？」

「……我知道了。」

亞爾貝再次用布把喚雷劍包起來。

「謝謝你，我會去打一場不讓這把劍蒙羞的仗。」

「我不是為了振奮你的精神才給你那把劍。」

我笑著繼續說道：

「陷入窮途末路的危機時，那把劍救了我一命。所以我相信那把劍一定也會救助亞爾貝……這把劍陪著亞爾貝經歷了怎樣的戰鬥，等到一切結束之後你再來佐爾丹這裡找我說一說吧。」

「也就是說……你要我活著回來。」

「沒錯，你得活著回來這裡。」

你一定能活著回來……這種場面話一樣的謊言我說不出口。

拯救世界就是這麼一回事。

所以我只是祈願要他活著回來。

我想看見一切結束以後，愛絲妲和亞爾貝兩人和平、幸福地活下去的樣子。

我希望他們倆的故事以圓滿大結局收尾。

「知道了……我一定會再來見你。」

「我很期待喔。」

我打從心底說出這句話。

＊　＊　＊

晚上。

雷德&莉特藥草店的起居室。

我、莉特、愛絲妲、亞爾貝與菈本妲聚在一起。

「你已經沒事了？」

愛絲妲關心著亞爾貝。

「是，我已經休息夠了。不好意思讓妳久等。」

「別在意……嗯，你的表情變得很不錯呢。」

「是這樣嗎？」

看著亞爾貝的表情，愛絲妲很開心地露出微笑。

「謝謝你，雷德。」

「不必客氣。」

我和愛絲妲這樣交談之後就切進主題。

「所以說，看在愛絲妲眼裡，梵的樣子如何？」

「應該可以說穩定下來了。『勇者』加護的失控，還有信仰造成的獨善都緩和了許多。狀態十分良好。」

「太好了，既然這樣，明天我去看看他的狀況應該也沒問題。」

明天就去見劉布和梵他們兩個人吧。

「文狄達特的出港準備已經結束了吧？」

「對，隨時都可以出港……但是到了大城市以後重新編組船員大概會比較好，梵以前那種做法害得大家士氣低落至極。」

「這可真辛苦，不過待在佐爾丹的期間，這問題沒什麼大不了呢。」

梵認為人因為勇者的戰鬥而死，是該喜悅的事。

那種想法以信仰的角度來看或許不會令人覺得很異常，可是被當成消耗品的船員們想必會覺得太苛刻。

這樣根本不可能提振士氣。過個半年，想必也會有許多人脫逃吧。

「探索古代妖精遺跡和劉布樞機卿的療養這兩件事都結束後，馬上就能出海啊。」

「如果狀況不允許，也有讓劉布留在佐爾丹療養，我們先回去前線的方案。」

「咦——要讓劉布留在佐爾丹喔？」

我毫不掩藏地露出厭惡的表情。

看見我這樣，菈本妲捧腹大笑。

「夥伴差點死掉卻還笑到翻肚，真是無情的仙靈啊。」

「雷德還不是對差點死掉的傢伙露出那種表情，沒資格說我啦。」

畢竟要是劉布留在佐爾丹，感覺會出什麼問題啊。

「假如劉布能動，我們會帶他走。畢竟劉布他自己應該也不想和勇者分別。」

為了讓自己出人頭地而戰的樞機卿。

他應該不會因為這點程度的傷勢就垂頭喪氣。

「不過，這次跟擬定如何對抗梵和菈本妲的會議不同，滿輕鬆的啊。」

「是啊，那個時候問題太大了，教人頭痛。我也遭遇過各種狀況，但從未遇過讓我覺得那麼難以應付的對手。」

「叛徒。」

菈本妲飛到愛絲妲頭上後，一直敲她的頭。

「哈哈哈，可是結果還不錯吧？只會盲從的人並不是夥伴。菈本妲最好也思考一下再來當梵的搭檔……住手啊，別拉我頭髮。」

愛絲妲一開始雖然笑了，但或許是菈本妲的惡作劇愈來愈過火讓她難以忍受，便打算把頭上的菈本妲給拍下來。

菈本妲也加以應戰，咬愛絲妲的手指之類的，幾乎演變成打架。

沒想到愛絲妲會做出這種孩子氣的行為。

會議整個中斷了。

「哎呀，我是有聽說這種開得很隨便的會議啦，但沒什麼機會體驗到呢。」

我這麼說完，亞爾貝與莉特就面面相覷。

「我常遇到喔，尤其佐爾丹人隨隨便便開會可說是很普通的狀況。」

「我也常遇到吧，畢竟很多冒險者都滿隨便的。」

以冒險者身分大展身手的亞爾貝和莉特處過的環境，看來與我這個在王都精銳巴哈姆特騎士團累積職涯的人不太一樣。

雖然有遇過個性不好的前輩們以酒局為目的來開會，不過就自己的認知，我並沒有把那種情況歸類為會議。

因為我酒量不是很好，所以希望他們不要那樣。

就這個角度來看，與我一樣有著騎士背景的愛絲妲應該也沒經歷過這種很隨便的狀況吧。

「這種餘裕或許也是必要的吧。」

「有可能喔。」

我不曉得現在這種吵吵鬧鬧的狀況是不是真的有必要。

不過，要是我以前的旅途中也能建立這樣的關係，隊伍或許就不會崩毀了。

至少不會有蒂奧德萊一個人陷入迷惘的狀況吧。

＊　＊　＊

隔天早上。

雷德&莉特藥草店。

「早安，哥哥。」

「打擾了。」

露緹和媞瑟一大早就來到店裡。

「妳們早啊，都是來吃早餐的吧？」

「嗯，我想吃哥哥做的菜。」

「很感謝你一直做菜給我們吃。」

我也配合她們倆，準備了四人份的早餐。

「早啊，露緹，媞瑟。」

「早安，莉特。」

「早安。」

兩人對莉特也打完招呼後，坐到位子上。

「今天的菜色是班尼迪克蛋，高麗菜、菠菜與橄欖的混炒，再加上培根湯、優格，以及莓果醬。」

我把料理擺在桌上。

「看起來好好吃。」

奶油吐司放上水波蛋、蝦子和蘆筍，再淋上檸檬醬汁便是班尼迪克蛋。

看起來就很美味的配色也很有賣點。

露緹目光發亮的視線凝視著料理。

嗯，料理都端到面前了，便沒必要一直等待。

「「「我開動了。」」」

露緹用刀子切開班尼迪克蛋，吃下一口。

「嗯，非常好吃。」

露緹很開心地笑了出來。

能讓露緹和媞瑟也吃到我們收下的春季時蔬真是太好了。

原本一大籃的春季時蔬，像這樣子大家一起吃也很快就吃完了。

這種狀況莫名地令我感到開心。

吃完早餐後，我和露緹一同清洗餐具。

雖然她說要自己一個人洗，不過像這樣兩人站在一起洗餐具，也是令人開心的日常生活。

「來，哥哥。」

「嗯，謝謝。」

我們沒什麼交談，只有餐具相互碰觸的喀嚐喀嚐聲響起。

「…………」

露緹非常專注地清洗著餐具。

那個樣子很可愛，而且看起來很幸福。

＊　＊　＊

「原來如此。」

用完餐後，我將今天打算去見梵和劉布的行程說給露緹她們聽。

露緹和媞瑟點頭後，稍微深思了一陣子。

「你果然還是不打算帶露緹大人一起去探索遺跡嗎？」

「嗯，這次我希望她在佐爾丹留守。」

對於媞瑟所說的話，我點頭並如此回答。

「我非常不滿。」

露緹的眉毛呈現八字形表達不滿。

不過這是我早就決定好的事情。

沉睡於古代妖精遺跡的「勇者」這種存在的祕密。

露緹以前是因為初代勇者的聖劍而失控。

我覺得現在藉由「Sin」加護支配「勇者」加護的露緹不會有事，但還是會害怕讓露緹接近那個遺跡的祕密。

而且最重要的是，不再當「勇者」的露緹沒必要調查「勇者」的祕密。

這是新「勇者」梵與他的夥伴們，以及我身為「引導者」的冒險。

「我非常不滿，哥哥是我的引導者。而且我想和哥哥在一起。」

露緹再次抱怨並鼓起臉頰，擺出心情不好的表情。

「可是這是梵的冒險，露緹要在我們離開的時候守護好我們的歸宿佐爾丹，以及顧好這間店。」

「唔，明明莉特就可以一起去，哥哥好狡猾。」

這次的隊伍預定由勇者隊伍梵、菈本妲、愛絲妲與亞爾貝，加上我、莉特、亞蘭朵菈菈、達南，總共八人組成。

我需要負責帶路。

莉特一起來是因為梵的隊伍目前沒有斥候。而且若要聯手出擊，莉特也和我最搭。

亞蘭朵菈菈則是因為劉布不在，便代替劉布來負責輔助支援。

至於達南……

「我知道有必要彌補梵的隊伍當中不足的要素，可是為什麼找達南？」

「這個嘛，單純是因為他很強。」

對於露緹的問題，我毫不修飾地這麼回應。

雖然還有隊伍平衡度等等考量，不過到頭來達南依然強大無比。

在不曉得會有什麼阻礙的古代妖精遺跡中，把一個無論怎樣就是強到不行的人加進來，要擬定作戰也很容易。

困擾的時候交給達南處理便有辦法撐過去。

還在旅行時我們也滿常那樣做啊。

「畢竟這次露緹不在隊伍裡，我想要單獨一人就很強大的戰鬥力。」

「我一起去就能全部解決耶。」

「別這麼說嘛。」

莉特哄起看似不滿的露緹。

「到了春天，也要忙著照顧藥草農園吧？感覺顧客也會增加，這次妳就在佐爾丹悠哉度過嘍。」

「這麼講也沒錯啦。」

「這事結束後我們也會回到和平的生活，到時候再兩個人一起去散步吧。」

「……知道了，我會守護和哥哥一起散步的佐爾丹。」

露緹終於點頭接受我的決定。

「我不一起去沒關係嗎？」

「媞瑟啊。」

如果有媞瑟在，確實更能放心。

而且媞瑟很會配合周遭，無論分配給她什麼工作想必都能順利完成吧。

「可是我們已經有八個人，我不想再增加隊伍人數。」

冒險者隊伍的理想狀態一般認為是五至六人。

能夠互相掌握各自狀況，採取最恰當的指揮與聯合行動的人數就是五至六人。

不過實際上三至四人的隊伍或許最多。

這有一部分是因為沒那麼容易找到五個能夠託付性命的夥伴，而且在湊齊六人的狀況下，指揮與聯手行動也不簡單。

雖然也有其中一人不戰鬥專心指揮的戰術，但這種戰術常會因為隊伍成員的關係性而引起爭執。

阿瓦隆大陸各國都有根深柢固的觀念，認為指揮官就是要最先衝進敵陣，士兵才能鼓起勇氣戰鬥。

相較之下，魔王軍基本上是讓指揮官專心指揮。

我真想打聽看看，若不是在戰爭中，還有什麼辦法可以培養能夠勇敢戰鬥的士兵。

把話題拉回梵的隊伍上吧。

「這次的隊伍是急就章，大家都不習慣的隊伍。再加上梵的隊伍成員本來就沒什麼協調性。我覺得隊員數量增至八個人就是極限。」

「原來如此，我理解了。」

媞瑟點點頭接受我的說法。

「我知道了，可是哥哥。」

「怎麼了？」

「你一定要小心。神明會造出『勇者』，絕對不是因為憐憫人類。持有『勇者』加護的我很清楚這件事。」

「……理由。」

「要是發生什麼就叫我一聲，無論那是多遠的地方，我一定會去救助哥哥。」

「謝謝妳，露緹。」

就如露緹所說，「勇者」會存在絕對不是為了拯救人類之類的目的。

正因為如此，我才想讓為了「勇者」而戰的梵知曉「勇者」是什麼東西。

無論勇者之旅最後會有怎樣的結果，在這方面我都不希望他有所後悔。

*　*　*

上午十點左右。

我來到紐曼診所探望劉布。

「是吉迪恩啊。」

「我在這裡叫做雷德，劉布猊下。」

「哼，沒想到阿瓦隆尼亞王國，巴哈姆特騎士團的英雄騎士吉迪恩這種人，居然會在邊境當藥商。」

「猊下的意思是我該挺身戰鬥嗎？」

「不，我只是在說無法理解為什麼你明明能賺更多錢，卻在做這種無趣的工作。」

劉布搖搖頭說道：

「牽涉全世界的戰爭中，一個人戰不戰鬥可是無關痛癢的小事。梵似乎不這麼想，可是邊境小國佐爾丹參不參加戰爭這種事情，對大局一點影響都沒有。對於戰爭，我們需要合理的思考方式。」

他的思維不像聖職人員。

不過單只是面向神明，或許也沒辦法在教會的權力抗爭贏到最後。

只有「樞機卿」加護的持有者才能當作目標的職位。

聖方教會這個世界最大組織的營運者——樞機卿。

所以持有「樞機卿」加護的人，為了成為樞機卿將會不擇手段。

正是因為榮譽的道路已為自己敞開，通往榮譽道路以外的選擇使被阻斷了。

我有一點同情體內寄宿著「樞機卿」這種加護的人。

「所以說，你要帶梵少年去古代妖精的遺跡啊。」

「是。」

「我實在不太贊成啊，那是有你們說過的古代妖精兵器的地方吧？」

說起來，我們沒對劉布說過露緹的事，所以他還以為打倒梵的是古代妖精的兵器。

「因為如此，我和達南等人也會一起過去。我們沒有打算戰鬥，但有這樣的準備也能以防萬一。」

我冷靜地加以掩飾。

「反正阻止梵失控的人也是你，其實我也想一起過去，但這次就交給你了。雖然我不久後便能行走，但要恢復到能戰鬥的程度想必還需要一段時間吧。」

明明遭受自己培養的勇者梵刺殺，劉布卻沒有半點憎恨梵的樣子。

「猊下不會恨梵，或者覺得梵很可怕嗎？」

「你說我？怎麼可能。梵他是『勇者』，無論多麼迷惘、犯下什麼罪過，他是『勇者』的事實都不會改變。我是代理神之意志的聖方教會樞機卿。輔助梵是我的使命。」

劉布的話語中感受不到迷惘。這想必是他的真心話。

野心與信仰。

我想起艾瑞斯的事情。

要是梵說他不當勇者，不知道劉布會怎麼做呢。

目前梵對於勇者還是抱持肯定的態度，應該不用擔心吧……

＊　＊　＊

中午。

我把店舖交給莉特打理，為了見梵一面而前往愛絲妲告訴我的地點。

「是這裡吧。」

我再一次確認筆記。

不會有錯。

「虎心流劍術道場。」

位於佐爾丹北區的劍術道場。

這是佐爾丹競技場的前冠軍教授劍術的道場，生意還滿好的。

看板上寫著「不動王者姜康的無敵劍術！」，不過姜康被現任冠軍大槌能手伯爾迦打敗後失去了冠軍地位，也給人一點當事人輸給看板的感覺呢。

不過姜康可以不當冒險者賺錢、專注在競技場上頭也是因為這間道場能帶來收入，事到如今想必也無法更改這個看板吧。

嗯，這狀況太特殊讓我的思考都偏題了。

現在的問題是，勇者梵在這鄉下地方的劍術道場。

是來踢館的嗎？

不對，就算他把這裡的看板拿走，其他城鎮的人應該也搞不清楚這是什麼東西吧。

「進去吧。」

道場的門是關著的。

我確認沒有任何人後，跳到隔板牆上暗中潛入。

我很在意梵到底在做些什麼。

＊　＊　＊

「麻煩你了！」

「好、好的！由我來擔任上段防禦的對手！」

我聽見梵充滿氣勢的聲音，以及一位男性難以鎮定的聲音。

悄悄地窺探室內的狀況後，便看見態度十分認真地握起木劍的梵，以及因為緊張而眼中帶淚的劍士。

那名劍士八成是這間道場的代理師傅。

周遭的其他學生果然也是眼中帶淚而沉默不語。

而且佐爾丹競技場前冠軍「虎心」姜康穩穩地坐於深處，他下垂的白色眉毛底下果然還是眼中帶淚，就這樣觀察著梵。

不過會這樣也很正常啦。

面對心血來潮就能瞬間殺掉自己的強大對手，居然要傳授自己的劍術——身為一名劍士，沒有比這更難熬的狀況。

虎心流的代理師傅以沒有半點想要打倒對手的氣勢揮動木劍。

「喝——！喝——！喝——！」

「哦，很認真啊。」

梵很認真地重複著基本防禦。

那是開始學劍術三個月左右的學生會學的招式。

雖然梵一直過度重視加護而輕視劍術，他應該有在教會學過戰鬥方式才對。

他應當早就學會實戰用的防禦方法……

「那個認真的樣子或許就是梵本來的樣貌呢。」

假如沒有發生加護從「樞機卿」變化為「勇者」的奇蹟，梵想必會作為一名認真的聖職人員而有所成長吧。

我花了一段時間，望著梵重覆基本動作的身姿。

訓練到一個段落的時候，我進入室內。

「啊，吉迪……」

「是雷德喔。」

「對喔，雷德先生！」

梵跑至我的身前。

道場的學生們因為擺脫了梵，便發出「呼」這種放心的嘆息。

「我剛才有去看劉布猊下的狀況喔，他的生命力可真強。再過個三天應該就有辦法走路了吧。」

「我也每天都去探望他喔……他明明可以對我失控的事情加以責備，卻說我只要察覺自己的罪過就沒關係。」

對於劉布的野心而言，梵是很重要的存在。

就算梵會失控，他想必也不會割捨梵吧。

唉……還好我只是個藥商而已。

「雷德先生也是，明明被我砍傷卻原諒我。我就算遭受更多憎恨也理所當然。」

「這麼說也沒錯啦。」

我也在對戰梵的時候被他砍傷了啊。

多虧有露緹馬上幫我治療，連傷痕也沒留下，但以一般的狀況來說我早就死了。

「不過我也有砍傷你啊。當時與其說是單純的互相斬殺，其實比較像是決鬥。決鬥不會帶進恨意。」

「是那樣嗎？」

那或許是梵還沒有辦法理解的事情。

不過，光是梵覺得會受到他所傷害的對手憎恨，這便算是一種進步。

倘若是以前的梵，說出「你是因為加護而受到傷害，應該心懷感謝」這種話也不足為奇。

這想必是他沒有著重加護，而是著重在人身上的徵兆，算是一件好事。

「總之就是這樣，我打算明天早上出發探索古代妖精遺跡。」

「終於……！」

梵露出混雜期待與不安的表情。

「要是你會擔心，也可以不去喔。」

「不，我要去。自己獲賜『勇者』加護的意義……我覺得如果能知道這點，就能變得更強。會覺得更能夠抬頭挺胸，認為自己就是『勇者』而挺身戰鬥。」

看起來有所不安，不過沒有迷惘。

和以前身為「勇者」的奴隸時不同，現在的梵是人類。

雖然也有迷惘的時候……但是，現在並沒有迷惘。

既然如此，我想必應該把梵引導至他所追求的事物。

「不過啊，沒想到梵你會來劍術道場學習。」

「我從前天才開始來的。想在雷德先生教我之前重新學好基礎。」

我們之前說好要在野營的期間教導梵劍術啊。

「所以你才會來劍術道場嗎？」

「畢竟不曉得古代妖精遺跡的探索會花多久，但能確定的是時間不會很長吧。」

「對，推測再長也不會超過一週。」

「我重新學好劍術的時間也不多，所以就在據說是佐爾丹最有名的這間道場短期拜師學藝。」

以劍術道場來說這裡確實最有名，可是要說是不是最優秀的道場就會有點疑問。

雖然我不曾和佐爾丹當地的劍術家們過招所以不太曉得，不過我覺得學過中央流派的道場素質比較高。

虎心流很受歡迎，是因為道場的掌門人姜康是在競技場打出名號的劍豪。

然而單看基本功，或許沒什麼差距吧？

「啊——在這裡講有點那個，我們換個地方聊吧。」

「？」

梵不解地歪頭。

「梵要多在意一點周遭的視線或許會比較好。」

道場學生們的視線向我這邊傾注。

平民區的藥商很親近地與勇者梵聊天。

他們會為此好奇也是理所當然吧。

儘管我其實很強這件事已經在佐爾丹傳開，不過還是在別人亂想之前換個地方比較好呢。

「那麼，我先去跟這幾天照顧我的姜康先生打個招呼喔。」

「這樣也好，在這個道場訓練的日子也就到今天為止吧。」

發抖的學生們也藉此得以解脫啊。

＊　＊　＊

就在我們打算離開道場的時候——

「請等一下！」

有個聲音把我和梵叫住。

轉過身去，便發覺道場掌門人姜康站在那邊。

他儘管瑟瑟發抖，還是咬緊牙根站著。

到底怎麼了？

「怎麼了嗎，姜康先生？」

梵詢問之後，臉色發青的姜康就像叫喊一般開口：

「勇者梵大人！請您跟我過一次招！」

「「咦？」」

我也不禁叫出聲來。

居然要和梵過招！

「老、老師！您在說什麼啊！」

從後方跑過來的學生們急忙阻止他。

會這樣也很正常，儘管姜康不管怎樣都算是佐爾丹前十名的劍士，但也不可能來當「勇者」梵的對手。

「我不會忘記姜康先生曾經教導過我，也心懷感謝……可是我覺得自己和姜康先生不必對戰就能知道勝負如何。」

梵以符合少年的天真無邪，對將要邁入老年的劍士訴說現實狀況。

「我很清楚自己的劍術沒有勝算……可是就這樣保持沉默，我又會回到邊境道場掌門人的日常生活……」

姜康邊顫抖邊喊叫：

「可是，能與您過招的機會就只有今天吧？能與世界最強的『勇者』劍法一戰的機會，就只有現在這一瞬間吧！既然如此，身為一名劍士，現在不請您留步我就會後悔一輩子！」

這樣啊，就算是邊境的道場掌門人，姜康仍是一名劍士。

「雷德先生。」

「假如梵不介意……能不能接受他想過招的請求呢？」

儘管我這麼說，梵看起來還是沒能理解姜康想找他一戰的理由。

「我知道了，請姜康先生賜教。」

梵如此回答。

戰鬥一如預料，瞬間分出勝負。

姜康的一擊輕易被閃過，梵的一擊打中姜康的身體。

我馬上讓倒下的姜康喝下藥水治療他。

梵的劍法造成的傷害即使用上非殺傷的慈憫藥水，也很容易因為痛楚而死去。

即使這是過招，也是拚上性命的戰鬥。

儘管讓姜康喝下治癒藥水，他還是陷入昏迷狀態。

這樣應該暫時不會醒來了。

不過，馬上就要邁入老年的姜康臉上浮現了滿足的笑容。

一直覺得住在佐爾丹就不會有機會遇上的戰鬥。

他算是達成一名劍士最大的心願了吧。

「為什麼姜康先生要和我戰鬥呢？」

「若是繼續學劍，總有一天你會理解的。」

「是這樣嗎……？」

倘若要舉出一項使用劍的戰士，與窮究劍術而活的劍士之間的差異，或許就在於劍術本身是不是目的。

劍士不會把劍當成互相殘殺的道具，而是在自己的劍術本身找出價值。

自己的招式對於世界最強的劍士是否管用？世界最強的劍士又會使出怎樣的招式？

劍士會思考這樣的事。

「姜康先生……明明輸了卻看起來很開心。」

「嗯……抬頭挺胸吧，梵。你幫一名劍士達成了本來不可能達成的夢想。」

聽見我這麼說，梵看起來果然還是沒能理解的樣子。

＊　＊　＊

與梵談好明天的流程，之後在回程的路上也把行程傳達給亞蘭朵菈菈和達南。

亞蘭朵菈菈好像還是很討厭梵的樣子，不過達南則是很乾脆地轉換思維，反而是他在安撫亞蘭朵菈菈。

不過那兩個人想必沒問題吧。

冒險的準備也早就結束，是隨時可以出發的狀況。

我在附近的攤商吃完稍晚的午餐之後，前去今天最後要去的地方。

途中我遇見冒險者公會幹部迦勒汀，跟他說梵的事情已經不成問題。

後來也遇到半妖精岡茲與坦塔，說好要在半個月後的休假一起乘船遊河。

佐爾丹今天也很和平。

後來我抵達的是龍獸武具店。

「是雷德啊，該不會又把劍折斷了吧！」

打開門後，矮人莫格利姆以一如既往的表情歡迎我。

畢竟我才剛買一把銅劍給梵用，他會有這種反應也很正常。

「差不多是這樣，銅劍還有庫存嗎？」

「你這樣一直把劍弄斷，我都不想賣給你嘍！」

我沒特別理會生氣的莫格利姆，在裝有便宜的二手武器與粗製濫造的武器箱子裡頭翻找。

「咦，連一把銅劍都沒有耶。」

「就是因為你每次都把劍給折斷，全給你折光了沒有庫存啦。」

「我折斷的劍沒多到毫無庫存的地步吧！」

我如此回嘴後，莫格利姆嘆了一口氣。

「或許是新手冒險者初出茅廬的時期吧，這幾天年輕的冒險者陸續把銅劍買走了，沒有半點庫存啦。」

「咦……」

怎麼這麼不巧。

「機會難得，要不要乾脆買把普通的劍？我可以打造一把跟銅劍尺寸一樣的劍給你喔。」

「不，我馬上就要。」

「既然這樣就從擱在牆上的劍來選擇吧！便宜的劍太危險了，不想給你使用！」

「莫格利姆的銅劍連那個寶石獸的皮膚都能砍耶，既然能與那種怪物戰鬥，無論遇上什麼對手都沒問題吧。」

在「世界盡頭之壁」對戰過的傳說怪物——寶石獸。

那也是古代妖精的遺產。

「氣死人了，你這嘮叨的傢伙！都說武器的事情要老老實實聽武器店的人講了！」

莫格利姆咬緊牙根。

以武器防具專家莫格利姆的立場來看，想必是沒辦法贊同我把性命託付給銅劍這種品質不好的武器的行為吧。

雖然我能理解他的心情啦……

「唉，就算我在這裡趕你出去，你也會去其他間店買銅劍吧？」

「是啊。」

「真拿你沒辦法，等我一下。」

莫格利姆移動至店舖深處。

等了一陣子之後，他拿來一把收在鞘中的單手劍。

「拿去，這是銅劍。」

「什麼嘛，明明就有啊。」

我收下後確認劍身。

令人感受到銳利光輝的劍身優異到不像是青銅製的。

「喂喂，哪裡有人會把銅劍鍛造成這樣啊。」

「哼，我只是心血來潮，想要試試鍛造銅劍能有什麼成果罷了。」

看來他是對我只買便宜銅劍的行為不爽，就想到以青銅打造一把好劍的作法。

若以鋼鐵鍛造就能更容易打造出一把好劍，他這樣可是繞了一大圈才造出這把劍。

原來如此，這樣的劍很適合我。

「和你一起冒險的夥伴要是因為我的劍而死，我可無法忍受。假如用這把劍，一般的怪物不管砍了幾隻，劍刃都不會有半點缺損。」

「謝謝，那我就買這把劍嘍。」

「哼。」

使用銅劍是我的信念……不過也是沒什麼意義的堅持啦。

對於這樣的信念，莫格利姆也以鍛造師的信念加以回應。

……我想要好好珍惜這把劍。

「別把劍看得太重要而做出捨棄性命的行為啊，要是斷了我再幫你打造一把。」
他對我打了預防針。
哈哈，莫格利姆人可真好。

＊　＊　＊

結束一天的行程，我回到雷德&莉特藥草店。
購物後，我雙手拿著探索遺跡會用到的消耗品。
冒險的準備做得很齊全。
「我回來了。」
「歡迎回來，雷德！」
「歡迎回來，哥哥。」
莉特與露緹前來迎接回到店裡的我。
我脫下大衣之後，莉特便接下大衣。
「外面還滿熱的呢，早知道穿襯衫出去就好。」
「夏天也快要到了呢。」

我坐下來後，露緹從廚房裡拿來裝水的杯子給我。

「哥哥。」

「謝謝。」

因為我有點流汗，拿到的水很好喝。

「所以狀況怎樣？」

「就照原本的預定，明天出發嘍。」

「這樣啊，要探索古代妖精遺跡，真令人興奮耶！」

不曉得不是以前身為冒險者的血沸騰起來，莉特看起來很開心。

這真是十分可靠。

「話說回來——」

我喝下第二口水並這麼說：

「我總覺得這兩天跟各種不同的人說過話了啊。」

大家都具有強烈的信念。

若是剛來到佐爾丹那時的我……失去了活到當時的目的，或許根本就不想和那些人扯上關係。

正因為我和莉特、露緹等人一起生活，後來才有辦法對等地面對那些人的信念。

「想這種事情或許太過感傷呢。」

我對自己這麼說並露出苦笑。

梵一行人在探索完古代妖精遺跡後就會離開佐爾丹。

達南應該也會在梵的事情處理完後離開佐爾丹吧。

亞蘭朵菈菈也不曉得會在這裡待到什麼時候。

現在在佐爾丹生活的這個我，想必只是在他們那些英雄的故事當中只登場一小段時間的配角。

這樣子也不錯。

總有一天能聽見他們英雄事蹟的傳聞之類的就夠了。

如果能在他們心血來潮，繞來佐爾丹一趟的時候，直接從他們口中聽說那些事蹟，我應該會為自己成為他們故事裡的配角一事感到驕傲吧。

「「歡迎光臨！」」

客人進入店內，莉特和露緹精神飽滿地打了招呼。

我的歸宿就在這裡。

第二章 遺跡攻略

隔天傍晚。

我們抵達位於山中的古代妖精遺跡入口。

遺跡入口一帶的地域棲息著奇美拉，也就是彷彿在獅子的身體接上巨龍與山羊頭部的異形怪物。

不過那種怪物對我們來說並不是會造成問題的對手。

帶頭行走的莉特受到一隻奇美拉的襲擊，不過那隻奇美拉被瞬間打倒以後，其他隻見狀便逃走了。

接下來的旅途都安然無恙。

隊伍一如預定，由我、莉特、亞蘭朵菈菈、達南、梵、菈本妲、愛絲妲、亞爾貝這八人組成。

「雖然明天開始才深入探索，但遺跡裡有個之前用作據點而整備過的區域。我們先去那邊吧。」

夥伴們對我的話語表達同意。

那是露緹為了讓「鍊金術士」戈德溫製作藥物而整備的區域。

與艾瑞斯之間的戰鬥結束後，那個區域也一直維持原本的樣子。

「這裡就是古代妖精的遺跡！」

梵興致勃勃地摸著以未知金屬構成的壁面。

「梵是第一次探索古代妖精的遺跡嗎？」

「嗯，因為古代妖精遺跡裡的齒輪獸沒有加護。而且它們也不會跑出遺跡作惡。」

「這樣也對，畢竟勇者該拯救的人類本來就不會在古代妖精遺跡裡頭。」

古代妖精不需要作為勇者的責任。

不過……勇者的傳說與古代妖精遺跡有著很深的關聯。

「勇者露緹獲得的勇者之證，原本是在古代妖精遺跡裡頭的物品。」

「就是這個吧？」

愛絲妲從懷裡取出勇者之證。

「咦！」

梵訝異地叫出聲。

「為什麼愛絲妲小姐會有勇者之證？」

「這是露緹大人寄放在我這邊的。」

露緹停止勇者旅程、前來佐爾丹的時候說自己已經捨棄勇者之證，可能是她捨棄的物品被愛絲妲撿起來了吧。

「這東西就算由我拿著也沒半點效果。」

「畢竟那是用來強化『勇者』加護的物品啊。」

聽了愛絲妲和我所說的話，梵陷入深思。

「強化加護……那並不像『勇者』的作風。」

「是啊。」

直接強化加護的魔法道具極其罕見。

畢竟所謂的加護就是神所賦予的祝福。

非神的人類動手操作加護則是異端分子的作為，也不能明目張膽地加以研究。

而且就算得到許可，那似乎也是現代魔法師完全沒辦法出手的神祕領域。

畢竟也有惡魔的加護這種東西，如果具有魔王軍所在的暗黑大陸的技術，說不定真的有辦法操作加護。可是在這個大陸上，只有古代妖精和被視作其後裔的野妖精擁有操作加護的技術。

絕種的木妖精，以及現代仍活著的半妖精和高等妖精都沒有操作加護的技術。

「這個妖精硬幣好像也是呢。」

亞蘭朵菈菈取出白銀的硬幣。

這也是以未知金屬製作的古代妖精遺產。

我開始和莉特一起生活的時候，盜賊公會的男人為了收買我，有拿這玩意兒過來。

一般認為這是古代妖精們所使用的硬幣，不過解放這硬幣的力量後就可以讓自己加護的技能等級提高一級。

價值一萬佩利的物品拿來當成消耗品實在很浪費，不過我還在旅行的時期就有在對抗強敵的戰鬥中頻繁使用。

無論怎樣的財寶都不會比性命珍貴。

「探索古代妖精遺跡就會找到許多妖精硬幣。而且還有其他的強力遺產，我們那時也是若附近有古代妖精遺跡，就會在有餘力的時候過去探索。」

「我則是覺得提高加護等級比什麼都重要。」

梵這樣的說法想必也是劉布的方針。

為了變強，是該把提高加護等級視為最優先的事項，還是需要將使用劍術、魔法道具等物品的作為也算在內，和加護一起視為最優先事項呢？

曾為騎士的我與身為聖職人員的劉布會有不同的方針也很正常。

「關於那個勇者之證，梵你對前任勇者的傳說了解多少？」

「我當然有把教會留下的紀錄全數讀過。」

「你在這方面果然是個模範生啊。」

露緹她對前任勇者沒有半點興趣。

因為她討厭「勇者」加護，所以這是理所當然的。

不過當時我、艾瑞斯與愛絲妲都知道前任勇者的傳說，知識面只要有夥伴輔助就不成問題。

「前任勇者拿到勇者之證，是在『賢者』莉莉絲深受前任勇者的志向感動，決定與他一同旅行後的故事。」

梵說起前任勇者的故事。

「莉莉絲是考古學研究者。她研究的『勇者』是現今沒有留下紀錄和傳說的人類時代以前的人，她查出古老時代的『勇者』一行人曾造訪現今阿瓦隆尼亞王都附近的古代妖精遺跡。莉莉絲將前任勇者帶往那個遺跡，在那裡找出勇者之證。那是僅有『勇者』才能拿到手的祕寶，人們便認同他為『勇者』，為了對抗魔王軍而集聚至他身邊。」

前任勇者。

以前打倒魔王的英雄，開拓人類時代的人。

前任勇者的旅程與現今的「勇者」露緹和梵不同，是在世界已經被魔王支配之後開始的。

當時支配大陸的木妖精們與魔王軍戰鬥，而後全數滅亡。

人類部族的諸王只能接受魔王的支配，據說是作為惡魔的奴隸來過活。

前任勇者便出現在那樣的時代……他的名字並沒有流傳下來。

他和夥伴們一同累積力量，在各地引起叛變，最後闖進魔王城並消滅魔王。

在那之後，前任勇者與「賢者」莉莉絲結為連理，他們的兒子成為最初的人類王國蓋亞玻利斯的君王，統治人類。

此外，前任勇者的夥伴大戰士瑪哈拉德設立了冒險者公會的前身——戰士公會，聖者柯席加則是成為重建聖方教會的中心人物，英雄們後來的事蹟造就現在這個時代。

後來，因為以前服從魔王軍而被放逐的人類子孫，將勇者一行人建立的蓋亞玻利斯王國毀掉了……這段歷史真是諷刺。

那就是我和露緹的故鄉——阿瓦隆尼亞王國。

王都以前是蓋亞玻利斯的勇者城，而在更之前是稱作魔王城的地方。

「就是因為那時事情太多，前任勇者的紀錄才會四散各處吧。」

莉特覺得很遺憾地這麼說道。

愛絲妲也點頭同意她的說法：

「教會也只有留下與阿瓦隆尼亞王都同等程度的紀錄。要說唯一可以期待的，只有蓋亞玻利斯王族倖存者建立的卡塔法克托王國的史書……如果有留下史書，卡塔法克托王國想必沒有需要隱藏的理由。若有紀錄便可以大肆廣傳，主張他們王國的人才是勇者的正統血脈。」

就像這樣，關於前任勇者的偉業，不僅沒人知道他是怎樣的一個人，就連名字都遭到遺忘。

……真的是這樣嗎？

雖然有一部分應該是因為各個成員都有在自己的組織留下偉業，可是勇者的夥伴們都有留下名字與紀錄，本應是當代最大英雄的前任勇者卻是唯一欠缺紀錄的對象，這種事情有可能發生嗎？

我不禁覺得欠缺勇者紀錄是出於某人的意圖。

儘管不曉得那是善意還是惡意……

＊　＊　＊

從入口往裡面走，便來到有古代妖精昇降機的地方。

佐爾丹的冒險者只會進到這邊。

森林裡的植物有在過來這裡的路上生長，或許是因為環境合適，途中長有特殊的藥草，不怕遺跡四周那些奇美拉的大膽冒險者就會來採集藥草。

不過，沒有冒險者會往這下面行進。

「我們下去吧。」

我邊窺視洞穴邊這麼說。

「梵你有從高處下降的手段嗎？」

「當然有！」

「好，那我們下去吧。」

所有人都往地底跳下。

我下降的同時踢擊壁面減速。

莉特在我旁邊以精靈魔法緩緩落下。

同樣用魔法下降的愛絲妲有點不穩定，因為她抱著亞爾貝降落。

以愛絲妲的實力，就算有抱人應該也能穩定地低速下降，她會這樣八成是抱住亞爾貝使得內心動搖了吧。

由於看起來挺危險，我就使了眼色要莉特和亞蘭朵菈菈輔助她。
至於梵的狀況，則是在垂直的壁面上向下奔跑。
「果然是梵的速度最快！」
坐在他肩上的菈本妲開心地吵鬧。
我們並沒有在比速度耶……
「別小看我喔！」
達南也氣勢十足地向下降落。
那是應用武技的空中加速。
在即將衝撞地面的瞬間，於半空中一邊急速減速一邊著地。
他可真是個超人啊。
「怎麼樣啊！」
「那個肌肉男，居然敢妨礙梵！」
「達南先生好厲害啊。」
達南取勝而洋洋得意，菈本妲顯得不甘心，梵則是我行我素。
他們三人分別以不同的表情下降後，我們也接二連三地降落在地。
嗯，大家都平安。

「據點在這裡。」

我站到隊伍前方為夥伴們帶路。

擔任斥候的莉特在我身旁。

其他人在我們倆身後組成一個陣形跟隨我們。

前進一陣子之後……

「嗯？」

我覺得有點不太對勁，於是站立不動。

在那裡的是以前露緹所破壞的遺跡守護者——齒輪獸們的殘骸。

「怎麼了，雷德？」

「先等一下。」

我坐下來調查殘骸。

果然有少。

「零件不夠，有人從壞掉的殘骸當中把零件取走。」

「咦咦！可是這座遺跡，上次不就是最後一次有人進來嗎？」

莉特驚訝地這麼說。

「我想佐爾丹應該沒有冒險者會去古代妖精遺跡深處……入口也沒有其他人進來過

的跡象喔！」

「我也沒有發現。」

莉特「精靈斥候」作為斥候的能力與亞蘭朵菈菈「木之歌者」關於植物的能力。

由於遺跡入口有植物向內生長，可以說是森林的一部分，所以要瞞過她們兩人的目光並沒有那麼容易，至少佐爾丹的冒險者無法辦到。

「會不會是有別的入口之類的？」

梵這麼說道。

的確有這種可能性。

「我想大概有其他入口。可是如果是冒險者做的，會留下裝甲很奇怪。因為齒輪獸的零件當中能賣到最高價的就是裝甲。」

「這樣啊，嗯……」

梵歪了歪脖子，開始深思。

就我看來，這種狀況是……

「你們在煩惱什麼沒意義的事情啊？」

在我開口之前，菈本姐聳聳肩這麼說。

「我記得它們會同類相食，以前就常常看見那種景象呀。」

菈本妲的話語不是推測而是回憶。

這樣啊。

「菈本妲經歷過古代妖精的時代啊。」

菈本妲的真面目是災害仙靈。

根據溫蒂妮的說法，她是以前在世界各地大肆作亂，受到巨龍與古代妖精毀滅的災害仙靈之最後倖存者。

真沒想到會這樣，我們拚命地探究古代妖精的事情，眼下卻有讓我們的行為看起來很蠢的答案。

「以前的事情，根本一點也不重要吧。」

可是菈本妲似乎對古代妖精的話題沒有興趣。

菈本妲的思維基本上不會對人類做出區分，對她而言，與古代妖精之間的戰鬥或許也是不會特別在心裡留下印象的事情。

仙靈的價值觀果然和人類不一樣吧。

「同類相食是指什麼？它們會吃掉對方嗎？」

達南一副完全聽不懂意思的樣子這麼問道。

「應該是從壞掉的那些齒輪獸收集可以用的零件，拿去修理其他的齒輪獸吧。」

「我聽不太懂。」

「……意思是說不定會出現新的齒輪獸，保持警戒會比較好。」

「原來如此！你一開始這樣說不就得了！」

達南笑著拍打我的背。

這樣很痛，真希望他別這樣。

我對齒輪獸也不熟悉。

自古代妖精時代起，數千年都沒有損壞而持續運作，以齒輪裝置驅動的怪物。

為了以現代魔法技術重現齒輪獸的運作方式，研究者們有在研究齒輪魔像，不過目前也只能將魔法魔像的部分動作替換成齒輪裝置。

「如果是行動中的齒輪獸，會發出聲音且容易察覺，可是靜止時不會讓人感受到氣息和魔力，還挺麻煩呢。」

「不會發熱也不會呼吸，就算借用植物力量也難以察覺。」

莉特和亞蘭朵菈菈這麼說。

若要應付齒輪獸的伏擊，只能在對方開始行動後加以反擊。

就媞瑟對我說過的內容來看，這座遺跡的防衛戰力似乎強得誇張。

強大到連那個媞瑟都直截了當地說：「要是沒有露緹大人在就無法生還。」

「這座遺跡好像曾有齒輪巨龍存在，如果它有被修好，我們勢必得多加注意。」

「齒輪巨龍……我記得那是前任勇者的傳說中出現的怪物吧？」

「是啊，過往的魔王軍將它修復後當成兵器投入戰爭之中。它是力量強大的終極兵器，不僅讓前任勇者落敗，還殺死勇者的夥伴。雖然不曉得以前在這裡的齒輪巨龍有沒有如同傳說的性能，不過那是身為勇者也不可疏忽大意的存在。」

說起來，在前任勇者的傳說當中，古代妖精的技術除了勇者之證的來源以外，就只有「魔王軍修復後拿來使用的威脅」這樣的登場方式。

這想必也是身為教會勇者的梵一行人一直輕視古代妖精遺跡的理由吧。

「誒，菈本妲，古代妖精到底是什麼來頭？」

「你問什麼來頭，就是到處都有的生物啊，和你們這些人類一樣喔。」

菈本妲擺出一副「你在問什麼蠢問題」的表情，看著我這麼說。

即使答案就在眼前，但要問出具體內容好像滿難的。

「在這裡待夠久了，我們快去睡覺的地方吧。」

「說得也是。」

受到達南說的那句話催促，我們決定往更深處前進。

＊　＊　＊

我們保持警戒前進，不過沒有遇上先前所擔心的修復後的齒輪獸。

寂靜的通道響起鞋子敲擊金屬地面的聲響。

我們前往有用木妖精文字標示勇者管理局的黏土板所在地點，然後往更深處前進。

「就是這裡，能平安抵達真是太好了。」

我們抵達「鍊金術士」戈德溫用來當工作室的房間。

「門壞了呢。」

「因為發生一些事，露緹把門弄壞了。」

「發生一些事。」

雖然我也覺得差不多有一半是自己的問題，不過這裡是除了我們以外沒人會使用的房間，所以也沒差吧。

儘管我腦海裡浮現許久以後的未來學者由於「破壞珍貴遺跡的某個人」而震怒的畫面，但我還是決定不去多想。

「那我們來設置據點吧。」

「嗯，包在我身上，劉布先生有給我方便的魔法道具……」

梵拿出道具箱，不過——

「先等一下吧，難得有這次機會，我們不要靠魔法道具，自己來設置據點吧。」

「咦咦？為什麼！」

「你們之前在旅行途中的據點全都是靠那個魔法道具解決，或者是同行的教會戰士在設置吧？」

「是這樣沒錯，可是用魔法道具就能馬上設置好，刻意耗費一番工夫有意義嗎？」

「要是陷入無法使用魔法道具的狀況該怎麼辦？假如道具箱被搶走了呢？甚至有可能發生被打進牢獄，必須在身上只有一件襯衫的狀態下逃獄並回到夥伴身邊的狀況。」

「……我知道了啦。」

「好，我們有先準備好道具，那就讓愛絲妲邊教你邊做吧。」

梵心不甘情不願地過去愛絲妲那邊。

愛絲妲對於那樣的梵露出苦笑，但還是很認真地教導他。

「他變老實了呢。」

莉特來到我身邊說道。

「梵本性認真且勤奮，他只要能夠接受他人的價值觀，姿態就會放得比較低。之前他的『勇者』加護突然覺醒，過度以信仰為重的那種模樣，應該是偏離了他本來的性格所致。」

「嗯——加護真是難懂呢。」

「就是啊，戴密斯神到底是為了什麼才創造加護呢？」

如果目的是要打倒魔王拯救世界，更有效率的方式要多少有多少。

「勇者」的存在理由並非以拯救世界為目的。

「露緹與梵這兩名『勇者』雖然完全不同，關於這點的意見卻一致呢。」

「說起來的確是這樣。」

露緹說「勇者」並不是為了救人而打造出來的，梵則是說「勇者」的目的並不是勝過邪惡而是與邪惡戰鬥，勝負本身並不是目的。

比起任何傳說，體內宿有「勇者」的當事人所說的話才更精確。

「戴密斯神會不會是平等地看待善惡？不支持任何一方，為了讓善惡都擁有同樣強大的力量而造出加護之類的。」

「我覺得這樣講也很怪。既然如此就不需要『勇者』也不需要『魔王』，有人類和惡魔就足夠了。」

「嗯——要是能在這座遺跡找到答案就很不得了了。」

「可是也不曉得這種祕密能否公諸於世，劉布沒有一起來或許是件好事。」

我和莉特聊著這些事的時候，梵與愛絲妲好像結束了據點的設置作業。

由於沒有遮蔽風雨的必要而沒有帳篷，不過有設置可以在這裡住宿的睡床與簡易廚房等設施。

「做得很好。」

「只要知道做法就很簡單嘍。」

梵有點得意的樣子。

這樣的他確實像個少年。

「那麼來做飯吧。」

看來冒險第一天可以平安結束。

＊　＊　＊

到了晚上。

說是這麼說，遺跡當中既沒有太陽也沒有月亮。

我們已經用完晚餐，夥伴們各自隨意做著自己的事。

我則是拿起訓練用的劍教導梵劍術。

「太天真了。」

「唔！」

我的劍尖停在差點便能擊中梵喉頭的位置。

我們現在是在進行不會觸及對手的模擬戰。

這是用來重新端正劍術型態的訓練。

若在「勇者」使出各種強力技能也只會影響揮劍動作的狀態下，知曉劍術的我就能在戰鬥中占上風。

「好，我來告訴你動作不好的地方還有防禦方式。」

「是！」

梵很認真地重複我教他的招式。

他學得很快，也很有理解力。

「可是梵你有想用自己擅長的招式來解決的習慣啊。而且招式的應用也不拿手。」

「那麼，我該怎麼做才好？」

「與其修正你的習慣，更應該增加可以從擅長的招式中衍生的招式。準備一些擋下對手攻擊後可以反制對手的劍，進而占上風的招式應該會比較好。」

「原來如此！」

劍術並沒有膚淺到可以一天練熟。

梵已經在實戰中培養出固定的劍法，那就更不用說了。

不過梵在不斷重複動作的過程中，確實有把我教他的劍術都化為自身的一部分。

與現在的梵對戰，應該會感覺比以前還弱不好應付，不過他總有一天會變強吧。

「呼，今天先練到這裡吧。」

「咦，可是……」

梵好像覺得還不夠。

可是時間已經很晚了。

現在是十一點。

劍術訓練的時間或許有點太長。

「再練一下也沒關係吧……」

儘管如此，梵好像還是不太滿意。

梵前陣子都還沒感受到劍術的價值，但他現在好像能理解劍術的有趣之處了。

「我能教你劍術的時間不長，不過你開始旅行後，去看看各種人的戰法就行了。有多少劍士就有多少種劍術之道……很有趣喔。」

我坐下來，用濕毛巾把弄髒的身體擦乾淨。

「是說梵你有睡眠抗性吧？」

「嗯，所以每次一到晚上，我都會去找附近的怪物戰鬥來提高加護等級。」

「我也會一起去喔！」

劍術訓練時在遠處為梵加油打氣的菈本妲飛到他肩上這麼說道。

「那麼，我就在睡前多講一些關於前任勇者與勇者之證的事情吧。」

我放下毛巾，重新面向梵。

「梵，你知道勇者之證最後怎麼了嗎？」

「就教會的紀錄來看，是在打倒魔王後歸還至原本存放的古代妖精遺跡嘍。」

「是啊，可是不曉得前任勇者為什麼會把勇者之證歸還至原本的地方呢。」

聽了我的問題，梵一時語塞。

「是為了將勇者之證託付給下一位勇者嗎？」

「這想法很不錯，存放勇者之證的遺跡設有若不是擁有『勇者』加護的人便無法開啟的機關。前任勇者如果要託付給接任的勇者，想必沒有比那裡更恰當的保管場所。我在與露緹開始旅途前也是那麼想的。」

「咦？」

「梵，你覺得『勇者』打倒魔王後就會完成責任，失去衝動嗎？」

「……啊！」

梵一副恍然大悟的樣子叫出聲來。

「『勇者』的責任是打倒邪惡拯救人類。在邪惡從這世上消失，沒有任何人尋求救贖之前，『勇者』的責任都不會結束。而且那種世界絕對不可能實現。」

就算打倒了魔王，露緹也沒有從「勇者」當中解脫。

我曾經的夢想，也就是露緹作為一名平凡的少女和平地過日子的將來，是就算打倒魔王也不會實現的將來。

「既然如此，前任勇者光是打倒魔王就歸還勇者之證，很奇怪呢。」

「對啊，『勇者』的責任還沒結束，就得繼續當『勇者』。還是需要勇者之證。」

「唔嗯……」

梵深思起來。

不過他好像找不到答案的樣子。

我把咖啡裝入杯中，邊等它變冷邊說下去：

「我的推測是，勇者之證並沒有被歸還。」

「……那就很奇怪啊。」

「先聽我說完吧，『賢者』莉莉絲雖然有留下身為拯救世界的英雄、一國之母的軼聞，但她原本是考古學者。想必也很理解關於古代妖精遺跡的事情。」

我講到這裡稍作停頓，喝了一口咖啡。

有點苦啊，弄錯磨咖啡豆的方式了嗎？

「我也調查了許多關於古代妖精的事。」

那是為了找出壓抑露緹的「勇者」衝動的方法。

當時我認為就算無法以人類的力量達成，古代妖精或惡魔的力量應該也會有辦法。

結果我沒找到讓露緹從「勇者」當中解脫的方法，但學到的知識有在旅行期間派上用場。

而且最重要的是，古代妖精的知識讓我得知的世界與聖方教會所教導的，源自神明的知識不一樣。

「我們在王都附近的古代妖精遺跡發現勇者之證的時候，勇者之證是另行生產出來的全新品。那個勇者之證與前任勇者使用過的不同，單純只是具有相同效果的古代妖精遺產。與造出『勇者』的戴密斯神沒有任何關聯。」

「我在仙靈聚落也有聽說這事……但真是令人難以置信。關於教會勇者的經典也是寫到勇者之證是以神的黃金——山銅製成，這就代表那是神所賜予的物品啊。」

「就和這地面一樣。」

我輕敲堅硬的地面。

響起了鈍重的聲音。

「單純只是我們不曉得這是什麼金屬而已，山銅並不是什麼神的黃金，應該是古代妖精做出的金屬才對。」

也就是說——

「古代妖精十分理解『勇者』。所以『賢者』莉莉絲為了從前任勇者的紀錄當中隱藏關於古代妖精的事實，才會讓紀錄變得不完整。」

「賢者」莉莉絲利用勇者的血統建立王國，成為大陸的支配者。

她或許是知道了會危害到那種權威的某種事物。

「推理得很精彩，但也沒能確信是否真是那樣。」

「是啊，說穿了全都是推測。要是這遺跡裡有答案就好了。」

「……這心情真是不可思議，假如我不是『勇者』，說不定會覺得可怕。」

「你打算怎麼辦？要在不知道『勇者』是什麼的狀態下回去嗎？」

「不，我想知道賦予我的『勇者』的意義，思考該成為什麼樣的『勇者』，在這樣的前提下拯救世界。」

梵以堅定的口氣這麼說。

「沒問題喔！」

菈本姐對我所說的話似乎沒什麼興趣，她以仙靈的小小唇瓣親吻梵的臉頰，並且開朗地這麼說：

「梵已經是最棒的勇者，我不太懂什麼祕密之類的事情，不過假如梵維持現狀一定不會有問題！」

「謝謝妳，菈本姐。」

梵把視線移向停在他肩上的菈本姐並這麼說道。

以前的梵看起來好像有注意菈本姐，但其實並沒有在看她。

因為梵以前甚至連夥伴也都是透過「勇者」的加護在看。

他與夥伴之間的信賴關係想必也要從現在開始建立吧。

看見梵和菈本姐開心地聊起來，我不打算打擾他們而悄悄前往睡袋。

「辛苦了。」

「亞蘭朵菈菈今天一天也辛苦了。」

亞蘭朵菈菈將一些莓果拿給正要進入睡袋的我。

放進嘴裡便嘗到酸酸甜甜的味道。

當小點心剛剛好。

「沒想到那個勇者變得那麼圓滑啊。」

亞蘭朵菈菈望著聽菈本姐開玩笑後笑了出來的梵這麼說道：

「那副德行看來可以好好拯救世界呢。」

「是啊。」

「不過我反對讓一名勇者背負世界命運就是了。」

亞蘭朵菈菈的想法一直都是那樣。

身為勇者夥伴的同時，也否定勇者這種責任。

回想起來，我們隊伍各個成員的思考方式也都大不相同啊。

「梵隸屬於教會那種組織。雖然有可能遭到教會利用，但梵應該會帶領教會的軍隊去應戰才對，不會演變成一個人背負一切的狀況……我想要往這個方向思考。」

「端看『勇者』的衝動而定呢。」

「是啊。」

所謂的軍隊並不會採取最適合救助人民的行動。

「勇者」加護的衝動很難適應軍隊這種巨大組織。

或許梵他總有一天會離開軍隊，如同我們以前那樣演變成由少數人背負世界命運的狀況。

「欸，雷德。」

亞蘭朵菈菈壓低音量這麼說：

「『勇者』梵為什麼笑得出來？」

「勇者」露緹明明就笑不出來。

亞蘭朵菈菈應該想這麼說吧。

「……我不曉得。」

我只能這麼回答。

＊　＊　＊

隔天。

冒險第二天。

早餐是蔬菜蛋三明治與培根湯。

我有做好準備，至少在冒險的第一個早上要讓大家吃到新鮮的餐點。

雖然沒辦法悠悠哉哉享受早餐，但大家都吃得津津有味。

吃完早餐，所有人便集合起來開始討論今天的行程。

「我們分頭探索吧。」

達南如此提議。

「儘管不曉得有什麼東西，不過大部分的區域露緹和媞瑟都探索過了吧？找到奇怪的東西前先分頭行動也沒差吧？」

「嗯嗯，我覺得這樣很好！我和梵一起行動，其他人都分開行動不就好了！莉特妳也想和雷德待在一起吧？」

「咦？沒錯啦，我是打算和雷德一同行動。」

「菈本妲，我們現在是在討論正經事喔。」

「梵你真是的！我也是在講正經事啊！」

菈本妲所說的話讓大家喧鬧起來。

她的存在想必會為梵以後要踏上的艱苦旅程帶來歡樂吧。

不過現在是該制止她的時候。

「安靜點！先來統整意見吧。」

大家馬上停止交談。

只有菈本妲看起來還想講些什麼的樣子，不過梵用手指塞住了她的嘴巴。

她現在只發得出含糊的聲音。

「露緹她們的確探索過這遺跡絕大部分的範圍，也排除了危險。可是露緹的目的並不是要揭露這遺跡隱藏的祕密，而且也有齒輪獸已經復活的可能性。」

我環視夥伴們。

「要分開就分成兩隊，我覺得再細分下去風險太高。」

「是啊。」

愛絲妲同意我的看法。

「而且以一出事就能馬上過去支援的距離來探索會比較好吧？我建議兩隊一直保持在同一階層。」

我從道具箱取出信號笛，遞給所有人。

這是冒險者之間時常使用，體積小卻能發出巨大聲響的笛子。

能夠發出三種音高的聲響，將信號傳給位在遠方的夥伴。

「大家也同意這樣的方針嗎？」

「嗯，沒問題！」

達南點了頭。

其他人好像也沒有異議。

「那麼隊伍分配是……」

A隊是我、莉特、達南與亞蘭朵菈菈。

B隊是梵、菈本妲、愛絲妲與亞爾貝。

「我們先以各自的夥伴分別組隊吧。要是有什麼狀況馬上通知另一隊，沒必要勉強自己喔。」

「我知道了。」

梵點點頭。

哦，他也變得挺可靠了嘛。

探索是從再次確認露緹探索過的區域並確保其安全開始。

我們也有去以前操控齒輪獸們的母體齒輪（Clockwork Mother）待過的地方看看，但母體齒輪仍然是損壞狀態。

假如沒有修好它，齒輪獸們應該就無法行動……

「打倒指揮官便會全軍覆沒的軍隊啊。」

如果我是製造出齒輪獸的古代妖精，要守護非常重要的遺跡就不會做出那麼脆弱的機制。

一定會先設想指揮官被打倒的情況。

「不過齒輪獸並不是生物嘛。」

繼續探索吧……

後來，第二天的探索也平平安安，沒有成果便結束了。

露緹探索過的區域各處都沒有改變的跡象。

明天去下面的階層看看吧。

* * *

第三天。

今天的早餐是用橄欖油煎炒的肉與蔬菜。

吃完後剩下的橄欖油用麵包沾著吃也很美味。

今天要去探索下面的階層。

我們也去過與艾瑞斯一戰的房間，以及曾保存以前錫桑丹使用的「神・降魔聖劍」的房間。

考量到露緹失控的經過，我擔憂身為「勇者」的梵不該進去，所以最後一個房間由我來調查。

雖然從未看過的巨大魔法裝置令人驚訝，但我沒有找到任何可能與「勇者」有關的物品。

而且這裡是聖劍的保管庫，我也不覺得會有其他用途。

今天撲了個空啊。

＊　＊　＊

第四天。

早餐是加入鹽漬保久食品的燉湯。

今天我們前去探索的地方從作為據點的階層來看是在上層。

那是寬敞且空無一物的樓層。

即使有不曉得用來做什麼的裝置，但每個似乎都已經壞掉。

看來這裡的天花板上面以前有露出表面的某種裝置在運作。

或許是那裝置被掩埋了，這個階層的裝置才變得無法使用吧。

今天也是撲了個空。

＊　＊　＊

第五天。

早餐是餅乾與豆子湯。

我們去探索還沒調查過的區域……什麼都沒找到。

嗯——這樣子就所有的地方都探索過一遍了。

我們在中午過後先集合一次，開起作戰會議。

「什麼東西都沒有呢。」

莉特覺得很遺憾地這麼說。

傷腦筋啊，真沒想到會沒有進展到這種地步。

「木妖精黏土板上面的字會不會是亂寫的？」

「嗯，那個黏土板的確是調查過這座遺跡的木妖精寫的，但是也不能保證資訊一定正確。」

達南和愛絲妲這樣交談。

「若照理論進行，接下來應該要兩隊交換探索區域，看看有沒有漏掉的地方？」

作為冒險者的經驗也很豐富的亞蘭朵菈菈這麼說。

的確，分頭調查能夠查的事物也很多。

冒險者公會的訓練所也是這樣教導的。

這是「探索會受到個人習慣影響，由其他隊伍重新探索會有先前遺漏的新發現」的理論。

「這樣太麻煩了，乾脆全部破壞掉吧！」

「那麼做不就沒意義了嗎？」

菈本妲說出挺危險的論點，梵露出難以置信的表情糾正她。

雖然不可能破壞，不過在某個地方一定有隱藏通道才對。

「可是我很納悶呢。」

「納悶是表示雷德有什麼在意的事情嗎？」

莉特對於我的低語有所反應而這麼詢問。

我整理好自己的想法回應她：

「找了這麼久卻沒有任何發現，我認為這代表有個隱藏通道，可是古代妖精為什麼需要把通道隱藏起來？」

「什麼意思？」

「莉特有什麼理由不想讓人進入某個房間時，會怎麼做？」

「問我會怎麼做……這個嘛，我會在門上上鎖。」

「對，我也會那麼做。除非是符合不想被別人看見的那種，王宮的逃脫路線或者魔法師的違法研究室之類的特殊條件，不然不會做成隱藏通道吧？」

「這裡應該也是那種設施吧？古代妖精不是一般人可以理解的，而且又在這種地底深處。」

「古代妖精的確是沒人理解的存在，但我認為這座遺跡以前是因應特定目的而一直被運用。實用性很高的設備應該不會設有隱藏通道才對，更何況那樣就不像古代妖精的作風了。」

「古代妖精的作風啊。」

莉特思考起來。

「雷德說的這些我也能理解，可是這該怎麼做？」

愛絲妲這麼說。

我將剛才想到的預測化為言語。

「將通道隱藏起來的不是古代妖精，而是後來調查這裡的木妖精們。」

既然如此，要調查的地方就是那邊。

＊　＊　＊

我們所有人來到寫上勇者管理局字樣的黏土板所在地。

「照你說的搬過來了，可是這要怎麼處理？」

達南將他揹著的物品放到地面上。

露緹破壞的齒輪戰士的殘骸。

我請達南將其中比較完好的殘骸搬過來。

「我想要嘗試某件事，但不確定是不是一定會有什麼反應，要是什麼都沒發生，可別失望啊。」

我對著夥伴們露出苦笑，尤其是對目光滿是期待的莉特和梵這麼說。

要是什麼事都沒發生，那還滿丟臉的……

可是在等了十五分鐘左右——

「有東西正朝我們靠近！」

莉特發出警告。

「我希望大家懷著隨時可以應戰的心態，不過先不要採取戰鬥態勢。」

夥伴們對我說的話表達同意，沒有抽出武器而是觀望狀況。

後來終於聽見「喀嚓喀嚓」的腳步聲傳來。

「啊！」

莉特驚訝地叫出聲來。

有四條腿的齒輪獸一邊發出齒輪聲一邊從牆中出現。

以齒輪獸出現的地方為中心，金屬壁面宛若液體般大幅度地波動。

「這是……木妖精的詛咒！」

「和洛嘉維亞的幻惑森林一樣……！」

這是會對心神起效用，強大的幻覺魔法。

很難以現代魔法來解咒。

「這魔法對心神起了效用，讓我們一直以為這裡有面牆壁。由於效用太強，就算用手指碰觸也會誤認為牆壁的質感，想丟東西過去也會下意識丟向地板而非丟向牆壁。」

齒輪獸殘骸的零件有被拿走的跡象。

如果是被其他的齒輪獸拿走，那又是從哪裡過來拿的？

想必是從我們沒注意到的隱藏通道過來。

也就是齒輪獸可以通過，我們無法通過的通道。

而且，假如將通道隱藏起來的不是造出這座遺跡的古代妖精，而是木妖精們。

思考我們與沒有生命的齒輪獸有什麼差別，就能預料到影響心神的魔法對齒輪獸沒有效果。

既然如此，利用齒輪獸就可以了。

「原來如此，我都沒發現呢。」

亞蘭朵菈菈慎重地碰觸牆壁。

「嗯，雖然還是會心生抵抗，但我在感知這是幻覺以後應該有辦法突破。」

身為高等妖精的亞蘭朵菈菈對於木妖精的詛咒也很熟悉。

就算無法完全解咒，在這個條件下也有辦法突破。

出現的齒輪獸沒有理會我們的驚愕，它撿起殘骸後，便發出「喀嚓喀嚓」的聲音回到牆壁的另一側。

「怎麼辦，要跟在它後頭嗎？」

亞爾貝這麼說。

「嗯，跟過去吧。梵你也同意嗎？」

「當然同意……！」

前面就是勇者管理局。

到底有什麼東西在等待我們呢……

＊　＊　＊

通道深處有門扉。

齒輪獸靠近後，門扉便自行滑開。

「省下把門撬開的工夫了。」

我們與齒輪獸一起踏進門的另一側。

裡面是半徑約六公尺的廳堂。

「看來以前常常有人來往啊。」

既然有這麼寬敞的廳堂，應該有不少古代妖精在這個設施裡頭停留吧。

廳堂內部有個大型纜車，搭上去後可以再往深處前進的樣子。

「你知道這玩意兒怎麼運作嗎？」

達南這麼問道。

我指向齒輪獸。

「那傢伙應該知道，我們就和它一起搭吧。」

「哦，原來你是想得那麼周到才叫我去搬殘骸，真不愧是雷德！」

我並沒有深思熟慮到這種地步。

不過這種時候，擺出一切都在我預料中的表情比較好。

我露出笑容回應後，莉特就邊竊笑邊看著我。

……被莉特看穿了啊。

＊　＊　＊

纜車發出聲響向前進。

「前進的速度可真快。」

愛絲妲這麼說。

的確，我們應該已經前進一公里上下。

「這遺跡也大得太誇張了吧。」

「嗯，甚至讓人覺得這座山底下全都是遺跡。」

達南與亞爾貝說著這樣的話。

梵與菈本妲一直定睛觀察待在纜車角落一動也不動的齒輪獸。

莉特與亞蘭朵菈菈好像是一邊望著黑漆漆的通道前方，一邊聊著洛嘉維亞幻惑森林的事。

「氣氛變得挺好的啊。」

愛絲妲高興地這麼說。

「畢竟我們的遺跡攻略也進行了五天啊。」

「新舊勇者一起組隊，這應該是第一次也是最後一次吧？」

「我想也是。」

「雖然時間短暫，但能一起冒險真是太好了。我們所得到的收獲也很多。」

「喂喂，接下來才是冒險的重頭戲吧？」

「是沒錯，可是我們之前的狀態實在太誇張，看見隊伍像這樣子好好運作，我就很高興……不禁有所感觸。」

「愛絲妲一路走來都很辛苦啊。」

「若能有所回報，那些辛勞就都值得了。」

她以前和梵的旅程到底有多麼辛苦，我也只有大略聽說而已。

不過她一定經歷過超乎想像的辛勞吧。

我覺得，儘管如此還能說出「那些辛勞都值得」的愛絲妲是一名配得上勇者這個稱呼的英雄。

＊　＊　＊

纜車抵達的目的地也有房間與通道。

「好了，我們差不多該和那傢伙道別，來做調查啦。」

我指向四條腿的齒輪獸。

這時齒輪獸正往隔壁房間移動。

隔壁房間有個如同垃圾滑道一般的洞口。

進入房內的齒輪獸將殘骸丟進那裡後，就進入牆邊的箱子裡頭不再行動。

「那個洞口留到最後再進去比較好吧？」

「我也這麼覺得。」

我和梵交換了這樣的交談。

＊　＊　＊

古代妖精遺跡當中有許多裝置。

其中絕大部分我都不曉得是用來做什麼的。

所以發現能搞懂用途的物品時就會有點吃驚。

「這是木妖精的黏土板啊。」

畢竟這裡是木妖精調查過的遺跡，我當然想過這種可能性，沒有很驚訝就是了。

「應該不會又中了詛咒之類的吧？」

達南嫌惡似的開了口。

這種事情不屬於達南擅長的領域，是他完全無法應對的問題。

無法靠戰鬥來解決的木妖精詛咒那種東西，對達南而言是天敵……

「沒啦，我現在雖然贏不過不曉得是什麼玩意兒的詛咒，但總有一天會練到連詛咒都能用揍的就把它揍爛喔。」

「真是滿腦肌肉……」

順帶一提，他好像掌握了用揍的就把門鎖和陷阱破壞掉的竅門。

世界和平後，他如果在道場傳授用拳頭探索遺跡的招式，應該會滿受歡迎吧。

總之，先來看看黏土板寫了什麼。

「這什麼啊？」

對於喜歡臭長文章的木妖精而言，上面寫的是很罕見的簡短文章。

「前面是勇者災厄，快調頭回去……是嗎？」

這文章易於解讀，能多作解釋的餘地很少。

寫下這段文字的木妖精或許就是十分迫切地想讓人知道這個訊息吧。

「勇者災厄？」

身為「勇者」的梵靠近黏土板這麼說。

「亞蘭朵菈菈。」

「什麼？」

「麻煩妳調查一下有沒有木妖精的詛咒。」

「好喔。」

「也麻煩菈本妲。」

「咦——我也要？」

菈本妲一副不願意的樣子。

「我也麻煩妳了。」

「既然是梵的心願，那我很樂意！」

亞蘭朵菈菈與菈本妲。

兩者仔細地調查。

「沒事，上頭沒有任何詛咒。」

「我為了梵努力過了喔！」

莁本姐馬上回到梵的肩膀上。

「既然亞蘭朵莁莁和提起幹勁的莁本姐調查後什麼都沒有，應該沒問題。」

詛咒會有什麼影響沒辦法靠中咒者自行察覺，因此很難應付。

如果沒察覺發生了什麼，事情便十分危險。

不過有亞蘭朵莁莁這個高等妖精，以及並非仰賴知識，以感覺使用魔法的仙靈莁本姐兩者調查過，想必不會有問題。

「災厄指的到底是什麼呢？」

愛絲姐以緊張的嗓音低語。

站在一直與「勇者」面對面的愛絲姐的立場來看，她想必也對於這遺跡能找到的東西抱持著期待與不安吧。

我們整理好隊列，一面警戒一面往勇者災厄前進。

＊　＊　＊

聽聞「勇者災厄」後，我就設想了各種危險。

最先想到的是捉住「勇者」，進行殘酷實驗的設備。

有一種說法是古代妖精輕視戴密斯神所以才會毀滅。

如果這種說法是真的，那他們應該不是要讓「勇者」盡好責任，而是打算分析「勇者」的力量吧。

雖然這只是我的猜想，但這裡可是古代妖精的遺跡。

甚至會讓技術與文明進展都遠遠超過人類的木妖精懼怕的古代種族的遺留物。

就算目的不是那樣，也可以猜想木妖精會有如同人類一般的發想，也就是打算籠絡「勇者」加入自己的勢力。

雖然「勇者」比人類的任何軍隊都還要強大，所以在現代打不成這種如意算盤，不過古代妖精集團的武器也有可能發達到超越加護的力量。

要以武力讓「勇者」屈服或許辦得到。

可是……目前沒有遇上那樣的危險。

我們前進的通道是寬廠的走廊。

有時候會在左手邊看見門扉。

硬把門撬開後，裡面看起來曾經是休息室。

有留下床鋪與椅子的痕跡。

「休息室真多啊。」

看來以前有許多古代妖精在這座遺跡工作過。

「這裡有幾千年以前就已經不存在的種族生活過的蹤跡，總覺得好奇妙。」

莉特邊觸碰椅子邊這麼說。

這椅子看起來滿硬的。

「不曉得是座墊的部分由於經年累月而整個腐蝕，還是古代妖精的屁股很厚實所以坐這樣的椅子才比較適合呢？」

「呵呵，這可是新的理論呢。關於這方面，實際上是怎樣呢，菈本姐？」

「和你們一樣喔，看在我眼裡根本就分不出你們和那些傢伙的差別啊。」

我們這群人當中唯一親眼見過古代妖精的菈本妲，以一副打從心底不感興趣的樣子聳了聳肩。

從休息室再往內部前進不久，在一個轉角向左轉。

我們在漫長的走廊盡頭看見很大的門扉。

「啊，是寶箱！」

亞爾貝指向設置於左側牆壁的寶箱，用有點大的音量這麼說。

那是高度兩公尺左右，如同置物櫃的上鎖寶箱。

亞爾貝是個冒險者，想必是因為在遺跡中發現寶箱就不禁情緒激昂了吧。

「真的耶！」

「打開看看吧！」

同樣曾是冒險者的莉特和亞蘭朵菈菈看起來也很高興。

「梵你喜歡寶箱嗎？」

「？」

梵好像搞不太清楚狀況的樣子。

他沒經歷過那種很有冒險者風格，一舉賺大錢的冒險旅程，有這種反應也是理所當然吧。

「梵的隊伍需要解開這種鎖的時候都怎麼做？」

「會拜託菈本姐喔。」

被梵直呼名字的菈本姐挺起小小的胸膛擺起架子。

「哦，那就來看看妳的身手如何嘍。」

「呵呵呵，這種鎖我一瞬間就能解決喲。」

菈本妲飛至鎖的正前方。

「古代妖精的鎖的構造是以未知的魔法來驅動，就連技藝高超的盜賊都難以處置就是了。」

「哈！別把我和你們相提並論！」

菈本妲結起手印。

「精靈啊，我以自身的話語命令，把這道鎖解開。」

響起「啪嘰」一聲，鎖解開了。

菈本妲飛到我的面前，完美無比地展現出給人下馬威的得意表情。

「這樣子犯規了吧？」

剛才那樣太狡猾了。

菈本妲是利用自身存在的強大來操控精靈。

那與經過鑽研的技術和知識無關，也與加護所賦予的技能無關，是運用種族力量的強硬招數。

「謝謝妳，菈本妲，妳是我的夥伴真的太好了！」

「呵呵呵，只要梵能開心，我什麼鎖都會幫你開！」

真的有夠方便啊。

「快把它打開吧。」

「也對呢。」

受到莉特催促，我打開古代妖精的寶箱。

「這是……古代妖精的武器嗎！」

裡頭整齊地擺放著十二把約有一公尺長的長槍。

這並不是單純的長槍，要是填充古代妖精的魔力就能展開有如巨大十字弓的力場，並且當作強大的能源射出武器來使用……似乎是這樣子。

王都的圖書館裡頭保存的資料有這樣寫。

「可是……不曉得該怎麼使用啊。」

當成長槍來看，雖然輕量卻很短。

不曉得有多堅固，但尖端也沒有特別尖。

真要說起來，要是沒有古代妖精的魔力，拿著也沒什麼用。

「拿去賣掉可以換來一大筆錢，若是知道該如何使用，也可以交給士兵當作強力武器。梵，如果放得進道具箱你都拿去吧。」

「咦？全部都給我好嗎？」

我將視線移向達南和亞蘭朵菈菈後，他們倆也都點了頭。

「嗯，這或許能在梵的旅途中派上用場。」

「可是這能賣很多錢吧？我們的夥伴不會拿來用，況且雷德先生的店生意也沒那麼好的樣子。」

「你啊……」

就算個性變得圓滑，依然還是毫不留情又沒禮貌的傢伙呢。

「我的店舖生意夠好，可以讓我開心過活了喔。」

「嗯——」

「你就先同意我這句話吧，還有愛絲妲也不要光在一旁看，快收到道具箱裡頭。」

不想一直爭論下去的我對愛絲妲尋求協助。

可是愛絲妲她一直面向前方，看來是在思考什麼事情……

「是這樣啊。」

愛絲妲好像察覺到什麼而這麼說。

「怎麼了嗎？」

梵詢問愛絲妲。

「我剛才在思考這裡擺放武器的意義。遺跡深處的這種通道有存放武器的箱子，令我覺得不太自然。」

原來如此……這的確很奇怪。

愛絲妲將古代妖精長槍拿到手上後，便面向通道深處的大門擺出架勢。

「在這裡就很好瞄準。」

「瞄準？」

「假如那裡有什麼東西跑出來，在這裡應戰想必就能占上風。」

我想像門後有怪物出現時的狀況。

腦裡浮現不久前對戰過的食人魔之子們從門後衝出來的畫面。

原來如此，若是在這裡就能單方面地施加射擊。

「可是那裡是遺跡內側，敵人如果從入口來襲還可以理解，為什麼要防備來自內側的襲擊呢？」

我的疑問讓愛絲妲聳聳肩。

「我只是以戰術知識來推論而已……過去就知道了。」

「也對，我們走吧。」

只要把門打開，就能知道裡頭到底有什麼東西。

應該也能接近「勇者」到底是什麼的答案才對。

＊　＊　＊

斬裂門鎖後硬是把沉重的門扉撬開，往內部前進。
這次是兩側都有門的通道。
這個區塊的通道很寬，就算在這裡大幅揮劍或揮舞長槍想必也不會有阻礙吧。
這麼說來，我沒有教過梵在狹窄處應戰的劍術啊。
今晚就來教這個吧。
「用來在狹窄處戰鬥的劍術啊，真令人期待呢。」
「唔唔，晚上明明是我的時間，雷德卻害我們兩人獨處的時間減少了。」
欣喜的梵與鬧脾氣的莅本姐。
就連當時那麼可怕，與我們為敵的那兩人，現在看起來也是令人會心一笑。
就在我有這種心情的時候。
「這是什麼……」
莉特的聲音傳過來。

擔任斥候崗位的莉特看來是調查並打開了門扉。

「怎麼了，莉特？」

「雷德……你來這裡一下。」

看向門內的莉特一副呆愣的樣子。

「梵，菈本妲，過去嘍。」

「嗯。」

我們進去房間裡頭。

「這是……」

看了裡面的狀況，我也說不出話來。

正前方有一大片以玻璃般的素材構成的壁面。

問題在於壁面的另一側。

若要用一句話來形容，就是巨大的水缸。

可是，這液體絕對不是水，裡頭的生物也不是魚。

怪物在黏性很高的乳白色渾濁液體當中漂浮。

裡頭漂浮著無數的奇美拉……

「是屍體嗎？」

愛絲妲靠近到離水缸只有幾步的地方這麼問道。

「不，這些傢伙還活著喔。」

「達南，你看得出來？」

「嗯，這應該是所謂的假死狀態，不過不會有錯，我感覺得到這些傢伙的氣息。」

這或許是身為「武門家」才有辦法感受到的。

可是牠們居然還活著？

「這遺跡建造的時期再怎麼近都是幾千年前，怎麼可能在這段期間一直活著……這些怪物難不成達到了不老不死的境界？」

「我想並不是那麼好的事情。」

莉特以悲傷的表情望著水缸內部說道：

「這些怪物只是以不會死的狀態加以保存，並不是活著喔。」

「……不是活著啊。」

看在鍾愛自由的莉特眼裡，就算對方是怪物，她想必也無法容許對方在這種狀態下一直被迫活著。

她好像感受到想破壞水缸的衝動，但還是搖了搖頭。

「所以說，打造這東西的目的到底是什麼？」

梵這番話，讓我們從感傷和驚愕當中回過神來。

到底有什麼目的？

位於勇者管理局，保存奇美拉的水缸。

這實在是令人厭惡。

「啊，這地上有門……好像可以向下走。」

調查房間的亞爾貝這麼說。

那是設置於地面的迴轉式暗門。

雖然找不到門把，但有空出一個小小的洞口。

在洞口插上旋轉閥門，轉動裡面的螺絲就能把門打開。

「來尋找閥門吧。」

「那樣太麻煩了！」

菈本妲從梵肩上飛下來，面對著門敞開雙手，然後做出緊緊抓住空中的動作。

於是洞口當中產生了小小的龍捲風。

她想用這個轉動螺絲嗎？

真是方便的力量啊。

「嗯。」

可是門沒打開。菈本姐看似不悅地皺起一張臉。

「看來是上了鎖，光只是找出閥門應該也沒用吧？」

在這房間裡找一找應該能找到鑰匙。

然而——

「就說那樣太麻煩了吧！」

菈本姐以左手結印。

「精靈啊，我以自身的話語命令，把這道鎖解開。」

響起巨大的「喀鏘」聲響，門鎖轉動的同時打開了門。能看見門的另一側有通往下方的梯子。

或許是之前看我為她的能力驚訝，她便食髓知味了吧。

真沒辦法，這次我也驚訝給她看吧。

「哇，好厲害喔。」

我的鼻頭被踢了。

還滿痛的。

「菈本姐真的很厲害喔。」

「謝謝你，梵！」

得到梵的誇獎後，菈本姐就像毫不在意剛踢過我一樣，飛到梵的身邊表達喜悅。

真拿她沒辦法。

而在下一瞬間——

沙沙沙！

房間裡響起刺耳的聲音。

「怎麼回事，是有什麼會響起警報的陷阱嗎！」

「不可能喔，我才不會中壽命有限者的陷阱！」

菈本姐擺出符合大仙子個性的傲慢態度加以否定。

嗯……這是——

「與其說是陷阱，我覺得這比較接近傳送訊息的魔法啊。」

「我記得傳送訊息是將話語傳遞給遠距對象的魔法吧？」

對於梵的問題，我表達同意。

「對，這感覺像是功力不夠的魔法師使出傳送訊息後失敗的魔法。」

「是這樣嗎？我分不太出來耶。」

「重點在節奏。」

「節奏？」

「對，這個聲音有著如同話語般的節奏。應該是古代妖精的聲音吧。」

「古代妖精的聲音！」

莉特驚訝地叫出來。

「也就是說，這是古代妖精魔術師將自己的傳送訊息化為符文，並刻劃於魔法道具使其永久運作，那個符文壞掉後就變成雜音了吧。」

「原理或許不太一樣，但我想大概就是那種感覺。」

雜音仍在持續。

我們現在正在聽聞數千年前滅亡的種族的聲音。

不過很可惜地，不曉得是怎樣的內容。

「既然這樣，果然還是觸發陷阱了吧？」

「就說不是了！」

菈本妲強烈反駁達南說的話。

嗯……

「應該是開鎖的精靈把其他東西的鎖也給解開了吧。」

「什麼意思？」

我回答達南的疑問：

「菈本妲是賦予精靈開鎖的概念，把鎖解開。」

要做說明有點難，不過菈本妲的作為並不是造出鑰匙，而是利用精靈來操作門鎖，讓門鎖變為已經解開的狀態。

「所以應該是連接這道門的某道鎖也跟著解開了吧。」

「哦──我應該有點聽懂了，這可真厲害啊。」

「哼哼。」

把沒打算打開的東西給打開到底算不算很厲害這點我抱持疑問，不過菈本妲受到達南誇獎後心情好像變好了。

……這樣也好啦。

＊　＊　＊

爬梯子下去後所到的房間，既寬敞又空無一物。

我們下去的那一側有道看起來很堅固的門，相反方向的另一側也有一樣看起來很堅固的門。

兩邊的門都有寫上古代妖精的文字。

「這邊是『出口』，那邊是『危險』吧？」

古代妖精文字幾乎都是未能解讀的範疇，不過這是時常用到的單詞所以我勉強讀得出來。

雖然是古代妖精的文字，藉由許多優秀學者研究的結果，若只看單詞，有滿多文字可以解讀出來。

「有危險嗎？」

莉特將手放到劍柄上，保持警戒。

就在這時——

「嘿咻。」

最後從梯子上下來的梵踏進房間裡頭。

「這房間簡直就像個競技場呢。」

就在梵這麼說的那一刻。

「沙——」響起巨大的雜音。

「什麼狀況！」

我們馬上抽出武器排好隊列。

「沙沙沙」的雜音持續作響，牆壁的另一側也發出了「喀噠喀噠」的聲響。

這是……！

「來了喔！」

莉特如此叫喊。

寫著危險的那道門打開，一隻奇美拉從裡面跳了出來！

「什麼嘛，就一隻奇美拉啊！」

梵看來沒有疏忽大意，但好像覺得很沒勁的樣子。

不對，那是……！

「那隻奇美拉，加護很怪！」

「咦！」

「加護不只一個！別把牠當成一般的奇美拉！」

奇美拉周圍的大氣由於高溫而扭曲。

下一瞬間，一團火焰飛了過來。

「居然是火球術！」

火焰落在我們的中心，引起爆炸。

不過這時我們所有人皆已散開，迴避至火球術的影響範圍外。

「令人吃驚，不過魔法的威力不如艾瑞斯大人啊！」

愛絲妲一口氣縮短距離。

她左手的防禦魔法已經完成結印，就算受到魔法反擊想必也能擋下吧。

「喝啊！」

愛絲妲的長槍刺了出去。

可是奇美拉翻轉巨大的身體，躲過愛絲妲的長槍。

「現在這動作是『武鬥家』的技能嗎！」

拉開距離的奇美拉以後腳站立，同時以兩手分別結印。

「那是『賢者』的連續魔法？」

「不對！牠同時使用了『妖術師(Sorcerer)』與『祈禱師(Adept)』的加護！」

奇美拉的解咒魔法與第二次的火球術抵銷愛絲妲的防禦魔法。

「盡耍些小聰明！」

愛絲妲是人類頂尖的法術能手。

奇美拉的解咒(Dispel)強度沒辦法動搖愛絲妲的防禦魔法。

火球術的爆炸包覆了愛絲妲，但她的身體沒有半點燒傷。

「愛絲妲小姐！剛才那是誘餌！」

亞爾貝如此叫喊。

奇美拉的身體在爆炸的火光當中舉起獸爪，出現在愛絲妲面前。

武技：飛燕縮。

這隻奇美拉甚至可以使用戰士系加護會用的武技。

不過，我和梵早就進入可以殺死牠的距離。

「就如雷德先生所說，只要加以了解，飛燕縮就是這麼漏洞百出的武技呢。」

「是吧？」

梵的劍由下往上突刺牠的頭，我的劍由上往下斬斷牠的背骨。

奇美拉的獸爪沒有揮落，巨大的身體應聲倒下。

「好嘍。」

還不到陷入苦戰的地步。

不過這對手打起來得費點工夫。

以我們這個隊伍的實力來看，應該沒多少怪物需要費力應付吧。

就在我把劍收起來的時候——

「啊。」

已經忘記許久的感覺令我發出聲來。

「雷德，怎麼了？」

「等級提高了。」

我上次提升加護等級，是和露緹一同旅行的時候。

來到佐爾丹以後我就沒有提升過等級。

閉上眼睛，觸及加護就能知曉技能有所成長。

「雷德，恭喜你！」

「謝謝，回去以後取得料理技能看看好了。」

受到莉特祝賀，我也笑著回應她。

雖然我之前覺得加護等級已經不會再提高……

這個時候，又傳出「沙沙沙」的雜音。

「怎麼了？」

我們再次警戒。

接下來傳出「喀噠喀噠」的聲響……

「又出現了！」

莉特如此叫喊。

又有一隻和剛才完全一樣的奇美拉從敞開的門扉跳出來。

「全體散開！即使攻擊方法很豐富，但每一擊都是下級加護的招式！冷靜下來應付應該不成問題！」

「當然！」

達南帶著凶暴的表情衝出去。

「剛才是雷德他們解決了怪物，不過既然有『武鬥家』奇美拉，一定會想要打打看吧！」

「的確！」

莉特也配合他。

奇美拉釋放魔法的同時，也以「武鬥家」的架勢迎擊他們兩人。

＊　＊　＊

「啊啊啊，真是的！有夠纏人！」

莉特的劍斬裂奇美拉的腹部，奇美拉後退時被愛絲妲的長槍貫穿。

「這樣就第九隻了。」

愛絲妲確認奇美拉已經死去，然後「呼──」一聲整頓呼吸。
所有人都還有餘力。
可是不曉得需要戰到哪一刻的擔憂，讓人額外消耗精力。
「沒完沒了呢……要不要撤回上面？」
亞爾貝這麼說。
他的加護等級也已提高了3級。
這應該是因為在這個隊伍當中，亞爾貝的加護等級特別低，不過就效率來看也是高得異常。
「可是，對於能夠使出魔法和武技的奇美拉，我們可不能坐視不管。要是牠們追過來在遺跡裡頭作亂也會令人困擾。」
愛絲妲對著門扉重新擺好使槍的架勢。
「可是上面那個水缸留存的奇美拉數量相當多喔。」
那接下來該怎麼做……
「雷德先生！」
梵往前站出去。
「奇美拉由我們來打倒！請雷德先生專心思考打破現況的方法！」

「梵你可真敢說啊。」

愛絲妲的嘴角很高興地浮現笑意。

「這邊就交給我們這組新勇者隊伍吧。」

「我知道了！」

我如此回應愛絲妲與梵。

梵等人朝著出現的第十隻奇美拉前進。

為了不讓敵方攻擊位在後方的我們，需要由我方主動進攻來限制對手的行動。

梵他們應該不會有問題，我就專心思考吧！

「奇美拉出現的原因到底是什麼呢？」

莉特說了這樣的話。

她持劍擺出架勢守護我，眼睛追蹤著梵等人與奇美拉的戰鬥。

原因啊。

「牠們是從上面的水缸湧出來的吧，要不要破壞水缸看看？」

達南瞪著上面的房間這麼說道。

確實，我也認為奇美拉應該是來自上面的水缸沒錯……

「我覺得別那麼做比較好，要是水缸裡的怪物全部活性化就糟了。」

「全部打倒就好了吧，反正你就當成最後手段，有個什麼萬一便交給我吧！」

「哈哈，靠你啦。」

我覺得放鬆不少。

雖然達南並不是要讓我心情變好才這麼講，但我又一次覺得他是隊伍中不可欠缺的夥伴。

我要專注於思考……對，要思考原因。

奇美拉為什麼會出現？

是在我們進入這房間後出現的……而且是在梵腳踏地面之後，裝置才開始運作。

可是，為什麼進入房間以後奇美拉就出現了？

陷阱……的可能性很低。

若當成陷阱來看殺意並不足夠，而且也沒必要用上那種規模很大的裝置。

如果要應付入侵者，利用齒輪獸就可以了。

既然這樣，這個機制的目的——

「是要培育『勇者』嗎？」

並非齒輪獸，一定要是奇美拉的理由。

兩者差別在於有沒有生命，這就代表目的在於世上所有生物體內寄宿的加護。

倘若要讓加護成長，就要殺死持有加護的生物。
怪物會被改造成蘊含多種加護，目的並不是要讓力量變強。
是要達到只殺死一隻，就能得到等同殺死多隻怪物的效果。
那是用來提升加護成長效率的誘餌。
梵打倒第十隻奇美拉，正在與第十一隻戰鬥。
這場戰鬥中，梵的「勇者」想必會成長吧。
「冷靜下來，現在別想多餘的事情。」
把重點拉回原因。
這個裝置開始運作的時機，嚴格來說並不是在我們進入這個房間之後。
如果裝置符合這點條件就啟動，那會很危險而無法使用。
原因想必是菈本妲運用精靈解鎖的行為吧。
那樣的行為解開了這個裝置的啟動鎖，使得裝置運作。
既然如此，到底該怎麼做才能制止這個裝置？
「菈本妲！叫精靈鎖住上面的門！」
「啥？」
「拜託了！那應該可以結束奇美拉出現的狀況！」

「要是沒效果，我一定會盡我所能來嘲笑你喔！」

菈本姐使出電擊魔法命中奇美拉，接著飛向門扉。

「精靈啊，我以自身的話語命令，把這道鎖鎖上。」

上面響起了「喀鏘」的聲音。

房裡再次響起「沙沙」的雜音。

不過那聲音的節奏和之前都不一樣。

這種節奏令人緊張……是在做出警告嗎？

「……這樣啊！所有人立刻和奇美拉拉開距離！」

我說的話讓梵他們立即行動。

沒過多久，周圍的壁面釋放出魔力。

「雷德，這到底是？」

「既然這裡是用來提高加護等級的房間，那應該也有處理怪物的裝置。」

菈本姐開鎖後，也連帶啟動這個裝置。

既然這樣，在同個地方上鎖應該就能讓裝置停止才對。

而且考量到古代妖精就算相關人士滅亡也能讓設備自動運作的這種執念，那就會有裝置停止前將房裡殘留的怪獸驅除的裝置！

周圍壁面發出的魔力在空中造出圓形的魔法陣。

下一瞬間，閃光貫穿奇美拉！

喀噹！

某種東西發出聲響後，照亮遺跡的魔法照明消失。

魔力急速衰退，貫穿奇美拉的閃光消滅了。

「咦？」

奇美拉還活得好好的。

應該說牠沒受到多大的傷害。

「『雷光迅步』！」

我發動技能，一舉接近由於閃光而腳步不穩的奇美拉，給予最後一擊。

房間裡響起的「沙沙沙」雜音消逝，變得安靜多了。

沒有要送出下一隻奇美拉的跡象。

……好，我們贏了！

「不愧是我的雷德！」

雖然莉特誇獎我，但實際狀況和我的預測稍微有點出入，所以我有點害羞。

「需要亮光吧，照明。」

莉特使用照明魔法照亮四周。

飛去梵那邊的菈本姐好像也使用了照明魔法。

我也從腰包裡取出照明棒，敲擊地面使其發光後插在腰帶上。

「受不了，這陷阱可真要命。」

達南聳了聳肩。

「不，我覺得這並不是陷阱。」

「什麼意思？」

我對夥伴們說出自己的推測，也就是這個房間是用來讓「勇者」加護成長的房間。

「難不成那個水缸的怪物，都是為了『勇者』而準備的？」

梵一副很驚訝的樣子。

剛才的戰鬥中，我、莉特、亞蘭朵菈菈、梵與亞爾貝這五個人的加護等級提高了。

若只是一如以往的戰鬥，這種效率很不尋常。

「我和莉特之前對戰過的食人魔之子想必也是從這座遺跡溜出去的怪物。那應該是為了加護等級低一點的『勇者』所準備的對手。」

而且這樣也能解釋這個遺跡周圍為何會有奇美拉棲息，牠們應該是從這遺跡脫逃的個體的後裔吧。

牠們的加護沒有超過一種，或許是因為體內宿有多種加護的技術需要改造個體後才有成效，子孫無法繼承下去。

以後天方式寄宿加護的技術。

加護是神所賜予的特性，世上所有生物都得接受這種常理。

因為那是神所賜予之物，不允許對那種事物提倡反對。

這就是聖方教會的教誨。

不過古代妖精超越了那種禁忌。

我的目光轉向梵。

他也是得到後天加護的其中一人。

出自契約惡魔的惡魔加護也是那樣。

這代表以後天方式操作加護的作為超越了人類智慧，可是在技術上並不是無法達成的事情。

人類當中，也有許多人對自己的加護並不滿意。

也有人覺得「自己的發展性在出生時就已注定」的狀況不太對勁。

……或許總有一天，人類也能得到像古代妖精那樣操作加護的技術吧。

菈本姐說過的「那些傢伙跟你們並沒有差別」這種話浮現於我的腦海。

「原來如此，這是像競技場一樣的房間啊。」

達南調查著倒在地上的奇美拉屍體這麼說。

「不用特地去抓怪物過來還挺方便的，而且外頭也很難抓到能讓我們提升加護等級的怪物啊。」

「是啊，就意圖來講，這裡很接近競技場吧。」

佐爾丹也有設置的競技場，是這個大陸的都市大多都有的設施。

雖然也有用來舉辦劍鬥士之間的比賽作為大眾娛樂，這種設施最大的目的還是要安全地提升加護等級，所以會將怪物抓進去，營造出戰鬥者就算可能會輸也能隨時得到救助的戰鬥環境。

開始有人想看提升加護等級的戰鬥後，便建立起能夠收錢的娛樂演出，後來也開始舉辦人類之間互相比拚戰鬥技巧的賽事。

要把怪物抓去競技場也需要耗費資金。

大陸各地會舉辦開放群眾觀覽的比賽，有一部分也是為了收集那方面的資金。

「沒有觀眾席呢。」

莉特好像覺得有點遺憾。

「不曉得是不是古代妖精不喜歡競技場的比賽呢。」

「很難說嘍，也有可能因為這裡是『勇者』專用的設備。」

莉特在洛嘉維亞當冒險者的時候好像也很喜歡去競技場參賽。

實際上，她在洛嘉維亞曾經為了擊潰勇者露緹的同夥而在競技場提出挑戰……不過她輸掉了。

她想挑戰的對手太強，這也無可奈何。

「所以勇者管理局是訓練『勇者』的設施？」

剛才一直在思考的梵這麼說。

「那似乎也是其中一種功用。」

「既然說是其中一種，代表還有其他的？」

「對，如果只是訓練設施，那就沒必要打造這麼巨大的一座設施。應該還有更大的目的才對。」

「那麼這代表『勇者』還有其他的祕密呢。」

「我們目前也只知道這個設施是為『勇者』所打造，木妖精們會留下那種警告文字的理由應該還在更裡頭才對。」

繼續探索吧。

「變暗了還滿不方便的呢。」

亞蘭朵菈菈也用自己的魔法生出照明這麼說道。

能夠使用魔法的加護真方便。

「我也協助照明吧。」

「咦？」

達南賊笑了一下，然後「咳呵」一聲實行獨特的呼吸法。

緊接著達南的身體便開始發光。

「這是『火蛇呼吸』技能，厲不厲害啊？」

那是能使出氣功的那種加護的超高等級技能，可以用氣在水中呼吸或者瞬間躍上高空的招式。

我還是第一次親眼看見，看來使用時身體會發光的樣子。

「『武鬥家』也挺方便啊。」

大家都太狡猾了。

我偷瞄了亞爾貝一眼。

「我也無法使用照明喔。」

亞爾貝露出苦笑。

「話說為什麼會突然變暗啊？」

「……我想，大概是這整座遺跡都發生魔力耗盡的現象了吧。」

「魔力耗盡？」

「我覺得稍微多調查一下就能了解，總之先離開這個房間吧。」

「也對……要從哪裡出去呢？」

亞爾貝指向位於梯子上方的迴轉式門扉，以及位於房間內，有用古代妖精文字寫上「出口」的門扉。

之前有奇美拉冒出來，寫有「危險」的門扉想必不用列入考量。

「畢竟上面鎖住了……以建築物的構造來考量，我們下來時通過的門應該是緊急用的。從這裡的門也能回去才對。」

「那我調查看看喔。」

莉特靠近門扉調查。

「咦，沒有上鎖之類的耶。」

莉特推動門扉後，門就緩緩地滑動。

「看起來很沉重，我幫妳吧。」

「我也來幫忙。」

我和亞爾貝助莉特一臂之力，把門打開了。

「還以為會為了不讓奇美拉跑出去而把門鎖上呢，真令人意外。」

莉特露出疑惑的神色。

確實就如莉特所說，這不太自然……

「或許是做成可以用魔力來上鎖吧，有可能是因為魔力枯竭而讓鎖解開了。」

「咦──有可能那麼不小心嗎？」

「反正鎖解開了正好，我們快出去吧。」

第三章 請相信我的愛

「勇者」究竟是什麼？

進一步來說，加護是為了什麼而存在？

戴密斯神造出加護的目的究竟是什麼……換句話說，這是在問神明創造這個世界的意義。

既然古代妖精對加護的理解進展到能夠操作加護，他們應該知道那個答案。

「勇者」是僅僅讓一個人背負世界命運的加護。

誰受得了這種沒道理的宿命啊！

我不曉得這世上有幾千萬，還是有幾億人，不過無論有多少人活在世上，這些人全都有屬於自己的故事。

儘管如此，在世上某處出生後便已注定結局的，僅僅一個人的故事，居然會決定所有故事的命運。

以人類的視角來看，「勇者」就像為了世界而存在的活祭品一樣。

同時以神的視角來看……這世界也像是為了「勇者」而存在的舞台。
當時我為了露緹而調查「勇者」，是想知道「勇者」到底是什麼……
可是對於選擇慢生活的我來說，「勇者」的意義已經不重要了。
現在也是一樣。
假如沒有「勇者」，想必就無法打倒位在大海另一邊的魔王吧。
可是，人類勢力後來也恢復強盛，單靠人類也能趕走魔王軍並且守護這個大陸。
以戰爭的結果來看，這樣子就很好了。
或許有一天造船技術與航海技術會更加發達，進而在將來引起規模更大的戰爭，人類也會在那時打敗魔王，但那種事情留給將來即可。
現在只要能守護自己的家人就夠了吧。

＊　＊　＊

響起「啪嘰」一聲。
「燈亮了啊。」
遺跡的走廊再次亮起燈光。

「……感覺這座遺跡的壽命不長了。」

探索遺跡的進度也推進許多。

我們在裡頭看見的是遭到捨棄的各種設備。

裝怪物的水缸也有一半以上遭到廢棄，沒有功用了。

有些看起來是在很久以前便已廢棄，不過就腐朽的程度來推算，應該也有許多水缸是在最近幾個月才遭到廢棄。

幾個月前似乎發生過縮短這座遺跡壽命的重大事件。

……原因恐怕就是露緹和阿修羅惡魔錫桑丹侵入此遺跡吧。

「這座遺跡的魔力因此大幅消耗。」

「所以打倒奇美拉的裝置才沒有正常運作呢。」

「因為那個魔法兵器會釋放大量魔力。想必是途中發生耗盡魔力的情形，讓整個設施的機能出現了缺陷吧。」

「那又為什麼會像這樣恢復照明呢？」

我以推測回答莉特的疑問：

「大概是進一步捨棄了幾項很消耗魔力的設備，目的是為了守住真正重要的遺跡中樞部分。」

「就像蜥蜴自己斷尾求生一樣呢。」

「是啊，簡直像個生物。」

造出這座遺跡的種族在很久以前就已滅亡。

可是這座遺跡卻不惜割捨自身一部分也要延長壽命。

明明已經沒有任何人會使用這座遺跡了。

……不，正是因為它的壽命延續到今天，我們才能知曉關於「勇者」的事情。

這座遺跡就是為了讓別人知道造出自己的創造主是誰，才一直活到現在……我想著這樣的事情，在此遺跡當中前進。

＊　＊　＊

「差不多要到最深處了啊。」

我看著眼前似乎很堅固的門扉這麼說道。

「你怎麼會這麼想？」

梵覺得不可思議地如此詢問。

「這是直覺。」

「說是直覺……那很準確嗎？」

「還滿值得信賴的喔。」

我至今探索過好幾個遺跡。

這樣的經驗能猜出遺跡構造的固定模式，以直覺預料之後的構造。

「梵的冒險大多都是提高加護等級，所以還要好一陣子才能培養出這種直覺吧。」

「是這樣嗎？」

梵好像不太相信。

這麼說來，不曉得露緹的情況是怎麼呢？

她也去過滿多地方冒險，不知道有沒有培養出像我一樣敏銳的直覺？

我希望總有一天，大家可以一起去某個已被攻略，十分安全的遺跡觀光。

聊著以前冒險者遺跡的回憶，並且在遺跡裡頭四處看看好像也滿有趣的。

至於現在，先專注在眼前的門上吧。

「莉特，麻煩妳了。」

「交給我吧。」

莉特靠近門扉調查。

「這門有上鎖喔。看起來比其他的鎖複雜，我看看能不能撬開。」

莉特這麼說完努力了一陣子，可是——

「啊——！沒辦法！這道門根本就不是設計成可以打開的吧！」

莉特高舉雙手認輸並喊叫。

「要交給菈本妲嗎？」

「是啊，這鎖超出我的能力了。」

莉特看著坐在梵肩上的菈本妲。

梵點頭對菈本妲搭話：

「可以麻煩妳嗎？」

「當然，為了梵我什麼都願意做！」

菈本妲受到梵委託後心情變得很好。

她就這樣帶著好心情打算驅使精靈……

「等等，菈本妲要是驅使精靈，不就會像剛才那樣連不用開鎖的地方都解開嗎？」

愛絲妲急忙跑至梵他們的身邊。

喀噹！

門突然震動。

大量的塵埃落至地面，門扉逐漸打開。

看來那並不是單純的一塊門板，它的構造十分複雜，要將組成門扉的各種零件依序解開才能開門。

這構造也太厲害……就算強如莉特也無計可施呢。

「打開了啊。」

「打開了呢。」

愛絲妲與梵驚訝地這麼說。

「愛絲妲小姐，妳懷裡有什麼在發光。」

「什麼？」

愛絲妲把手放進鎧甲下的口袋，拿出散發微弱光輝的勇者之證。

「勇者之證有所反應啊。」

「看來那東西就是這道門的鑰匙。」

勇者之證是鑰匙啊。

這個設施與王都的勇者遺跡有所關聯嗎？

「勇者之證是只有『勇者』才能拿到的物品。這代表前面是只有『勇者』可以進入的區域。」

「要是沒有攻略存放勇者之證的遺跡就沒辦法進去呢。」

愛絲妲與莉特點頭表達同意。

可是真的是那樣嗎……？

假如這裡是神建造的遺跡，或許是有可能如她們所說，但是打造這地方的人可是古代妖精。

總覺得只有「勇者」可以進去不太合理。

強化「勇者」加護的勇者之證。

或許就是因為它具有強力效果以及僅有「勇者」才能得手的特性，我們才不會積極思考它究竟是為了什麼而存在。

想得更單純一點，它就是難以複製又很安全的鑰匙……

雖然沒有確切的答案，但至少有一件事情是確定的。

「戴密斯神的目的和古代妖精的目的不一樣啊。」

不曉得古代妖精在「勇者」身上看見了什麼樣的意義呢？

＊　＊　＊

這座遺跡當中一定還有許多為「勇者」所準備的各式物品。

那些物品大多因為經年累月而陷入功能不完善的狀況，或者是我們的知識沒能了解那些物品的價值，因此沒有理會吧。

可是眼前這個物品我們真的無法視而不見。

「又是降魔聖劍啊……」

過了剛才的門扉，道路分成左右兩條。

兩條路的最後都有道門扉。

我們目前所在的位置是左方那道門後的房間。

若用一句話來形容就是「勇者」的武器庫。

「降魔聖劍有二十四把，勇者之證有十一個，除此之外的鎧甲和頭盔、盾牌等物品想必也都是給勇者的裝備，只是在人類知曉的傳說中被遺忘了而已。」

為了勇者所準備的傳奇裝備就像在店裡頭陳列般擺放著。

聖方教會的聖職人員看了應該會昏倒吧。

我觀察愛絲妲的樣子。

「……原來如此啊。」

愛絲妲靠近聖劍後拿起一把。

「妳還好吧？」

「雷德，如果你是想打倒魔王的神明——」

愛絲妲沒有回答我的問題，而是對我發問。

假設自己是神明的問題，在聖職人員之間想必是被視為禁忌的設想吧。

可是愛絲妲看起來一點也不在乎這種事情，繼續問道：

「你認為該用什麼方式將聖劍賦予人類，才能以最有效率的方式打敗魔王？」

「我想想啊……會讓『勇者』的每一個夥伴都拿到聖劍吧。或者是教導人類如何打造聖劍。」

「說得對，可是神並沒有那麼做。神的旨意是區區人類所無法企及的。」

愛絲妲看著聖劍的劍刃點頭。

「這是把好劍，與露緹先前持有的降魔聖劍平分秋色。」

「愛絲妲。」

「我不曉得神的旨意，可是能夠理解古代妖精的想法。他們的思考方向應該和雷德一樣吧。」

「這代表我們也能使用那把劍嗎？」

「對。這應該是降魔聖劍，更精確的說法是錫桑丹用過的神・降魔聖劍的仿造品，已經改造成無論是誰都可以使用了。」

「聖劍的仿造品……」

「也不必那麼驚訝。透過只有勇者能使用的聖劍得到知識以後，當然會想製造人人皆可運用的兵器。」

愛絲妲放下聖劍。

「古代妖精的魔法長槍以及量產型的降魔聖劍，兩者大概都能在討伐魔王時派上用場吧。」

「愛絲妲妳好冷靜，真令人意外。」

「畢竟我一直在思考關於神與加護的事，也隱約能夠確定古代妖精們所知曉的『勇者』的意義。」

愛絲妲好像十分篤定。

「『勇者』的意義……」

「頂多就是古代妖精所找到的答案。」

我還是不曉得。

自己靜靜深思的時候，看見梵充滿興趣地往聖劍靠近。

「這就是降魔聖劍……」

「別碰它！」

我不禁大聲喊叫。

梵訝異地看著我。

「抱歉叫得那麼大聲。可是以前露緹碰觸這遺跡的聖劍，就發生了失控的情形。」

「失控！」

錫桑丹最後的策略是讓露緹觸碰神．降魔聖劍，讓她被「勇者」奪去自我。

露緹也因此想斬殺阻撓她作為一名「勇者」的我和媞瑟。

對於露緹而言，那想必是很痛苦的記憶吧。

「沒問題的。」

愛絲妲拿起聖劍說道：

「這把聖劍並沒有會讓『勇者』加護失控的那種力量。」

愛絲妲對梵遞出聖劍。

梵保持警戒，並且慢慢接過聖劍。

「……！」

梵的面容浮現驚訝的感情。

「感覺湧起好強一股力量！這就是戴密斯神為打倒魔王而賦予『勇者』的聖劍！」

「的複製品。」

對於梵的感動，愛絲妲冷靜地糾正他。

「如你們所見，就算梵拿在手上也不會強化『勇者』加護的衝動。」

「古代妖精把強化『勇者』衝動的功能拿掉了嗎？」

「畢竟若用邏輯思考，那種能力只會礙事啊。」

愛絲妲的嗓音不帶感情。

「愛絲妲，還好嗎？妳在這座遺跡裡究竟理解到了什麼？」

「雷德你應該也馬上就會明白。」

愛絲妲的態度令我和梵為之困惑。

可是愛絲妲嘴角浮現笑容後，環視梵和其他夥伴。

「來，這裡是保管著最強武器防具的武器庫，把需要的數量帶走吧。」

梵除了聖劍以外還拿了一套裝備。

亞爾貝也在愛絲妲的建議下換穿一套鎧甲。

愛絲妲將聖劍佩至腰際。

「這剛好可以當成長槍折斷時的備用武器呢。」

雖然是古代妖精製作的仿造品，依然也是勇者傳說裡傳頌的降魔聖劍。

愛絲妲現在已經離開聖方教會，可是她一直以來擔任聖職人員，將聖劍當成備用武器實在不像她會有的態度。

……接下來就是最後的房間了。

＊　＊　＊

古代妖精遺跡，勇者管理局最深處。

莉特硬是把門鎖撬開。

裡面排列著三張長桌，還有某個球狀物體飄浮在空中……這大概是世界地圖吧？

「地形多少不太一樣，大概是因為這是幾千年前的地圖……不，也有可能是我們的地圖不正確吧……真厲害啊。」

我靠近世界地圖。

輕輕用手碰觸後，碰觸的部分便向外浮出並擴大。

這似乎是魔法幻影。

應該不是用來假造現實情境的幻影，而是為了自由變化而造出來的幻影。

嗯，這種運作方式或許也能運用在現代魔法。

「最後一個房間裡只有世界地圖嗎？」

達南一副覺得掃興的樣子。

「『勇者』的祕密之類的在剛才的武器庫就結束了嗎？」

「……喂，這地圖上面畫的黑點與文字是什麼啊？」

「啊？這是佐爾丹的某個地方吧。」

而且被擴大的那一塊地圖上出現了大量黑點。

我和達南摸不著頭緒。

「……這樣啊。」

仔細觀察後我馬上就察覺了。

「這是人類。」

「什麼意思？」

「仔細看，這黑點聚集的地方是城鎮吧？」

「看起來是這樣啦。」

「……這地圖還可以擴大啊。」

地圖的操作方式很直覺。

碰觸擴大後的地圖，就會再進一步擴大。

將擴大的部分按進去就會恢復原狀。

好方便的魔法。

「真是厲害，可以看見每一個人的行動。」

在道路上來來往往的人們。

停留在路邊攤的人們、聚在一起聊是非的人們、在教會聽從教誨的人們……

「有這種設備，就能完全理解部隊動態之類的資訊了。」

我覺得指揮軍隊時會煩惱的事情，百分之九十九都能靠這個地圖解決。

這玩意兒如果能帶著走，應該就能打造出無敵的軍隊……放在佐爾丹這邊境的地底深處真是暴殄天物。

「欸，這個文字是什麼？」

梵指向地圖詢問。

移動的人們身邊顯示著小小的文字。

「不知道是什麼呢……嗯，有些我看得懂。」

「你看得懂啊？」

「單詞是看得懂……這大概是『鬥士（Warrior）』。」

我在關於古代妖精加護的文獻上看過。

古代妖精似乎也和人類一樣，最多的是「鬥士」，之後似乎是「戰士（Fighter）」或「魔法師」那一類下級加護較多。

文獻中有騰寫意思為「鬥士」的古代妖精文字，所以我記得。

「也就是說，這座遺跡能夠使用『鑑定』技能嗎！」

梵驚訝地叫出聲。

不過梵會驚訝也很正常，我也滿驚訝的。

看出對方「加護」的「鑑定」，是只有「賢者」和「聖者」這兩種加護才能使用的技能。

古代妖精單靠這種不必經由加護的魔法就重現那種技能。

不對，這還不是單純重現，而是「鑑定」世上所有人類，規模大得不得了的魔法。

「……古代妖精？」

我看漏了十分重要的事情。

眼前的地圖上顯示的是人類的加護。

裡頭沒有怪物或動物的加護。

我先擴大佐爾丹周邊，然後將我們所在的古代妖精遺跡的房間擴大。

那裡顯示出六個點，或許因為「勇者」十分特殊，顯示上有特別強調。

不過我們這裡有八個人，所以還少了兩個。

其中一個應該是菈本妲，因為她是仙靈嘛。

另一個是誰？

「沒有亞蘭朵菈菈。」

身為高等妖精的亞蘭朵菈菈不在上面。

這上面顯示的是人類，亞蘭朵菈菈沒在上面很合理。

可是歸根究柢，這為什麼只有顯示人類？

「既然是古代妖精製造的設備，沒有顯示古代妖精很奇怪吧？」

關於古代妖精時代的人類繁榮程度，並沒有留下任何紀錄。

不過在數百年前，木妖精時代的人類是只有部族國家的弱小勢力。

這樣的人類在古代妖精時代不可能擁有龐大的勢力。既定的理論是說當時的人類是過著原始生活的蠻人（Barbarian）。

為什麼需要顯示那樣的人類的加護？

我對我們當中，唯一見過古代妖精的菈本姐發問：

「菈本姐，麻煩妳告訴我一件事……古代妖精的耳朵比較像我，還是比較像亞蘭朵菈菈？」

「耳朵？如果是說那陣子很囉嗦的傢伙們，和你們一樣有著小小的耳朵喔。」

菈本姐邊說邊指向我的耳朵。

「原來如此，根本沒有什麼古代妖精啊。」

對菈本姐來說，人類和妖精只有些微差異。

所以她並沒有思考言語代表的意義吧。

會在意是古代人還是古代妖精的只有當事人而已。

「是人類造出這座遺跡的啊。」

「原來如此呢。」

聽了我說的話，愛絲妲似乎認同地這麼說道。

回想起來，愛絲妲之前就在調查桌子附有的古代妖精裝置。

「比起古代妖精那種神祕種族，設想這裡是思路與我們相同的人類所打造的，就更容易理解這個勇者管理局的目的。」

「目的……」

「嗯，看起來是有辦法操作。」

「妳知道怎麼操作嗎？」

「我也是學過魔法知識的法術能手。可是儘管如此，也只能理解一小部分的功能。設計成無論誰都能上手的圖示幫了我大忙。」

愛絲妲以魔力操作裝置。

裝置馬上就出現變化。

「地圖上的點移動了？」

愛絲妲操作裝置後，代表人類的點便大幅度地移動。

「這個房間變成沒有任何人……我懂了！這是過去的紀錄啊！」

「對，我把範圍調整至一年前了。」

「……真是厲害，連過去的狀況都能知曉啊。」

「我想雷德應該也在佐爾丹。」

「是這個吧！那是我還沒有店面，在佐爾丹的連排房屋居住的時期。」

我將佐爾丹擴大，從裡面指出其中一個點。

「這一定是過去的紀錄沒錯，那就來看看我的推測正不正確吧。」

「推測……？」

地圖上的人類迅速地閃爍。

人類的數量一直減少。看來是進入木妖精的時代了。

這是高速馳騁的歷史幻影。

然後人類的數量在某個瞬間爆發性地增加。

「這是什麼情形，全世界滿滿的人類，甚至連暗黑大陸都是！」

「與造出這座遺跡的時代相同……應該是進入了人類的全盛期。」

愛絲妲繼續操作。

這次是細微地更動時間。

「出現了，是『勇者』和『魔王』。」

地圖上強調出兩個點。

「『魔王』雖然不是人類，但因為很特別而被強調出來。」

「應該是這樣沒錯，考量到設計這地圖的目的，這樣子也很正常。」

愛絲妲接下來也慢慢地回溯時間。

「人類支配的範圍遍及暗黑大陸的時期所誕生的『魔王』受到『勇者』與人類的包圍，很快便遭到討伐。」

「……只有一瞬間啊。」

「在這種時代，『魔王』充其量只是人類能夠應對的災害。」

「這是件好事吧？」

「是啊，沒有人因為『魔王』而犧牲。」

可是梵好像不能接受這說法而插嘴：

「但若是這樣，『勇者』與『魔王』就沒有存在的意義了！」

對於梵說的話，愛絲妲表達同意：

「那就是人類所導出的答案。並非將神賜予的試煉交託給「勇者」，而是打造出絕對可以取勝的機制。世界不會再因為『勇者』的存在而有任何變化。神創造了『勇者』與『魔王』這兩種最重要的加護，可是那樣的重要性也是人類從『勇者』身上剝奪戰鬥的原因。」

愛絲妲進行與先前相反的操作。

「勇者」短暫的冒險開始，然後馬上結束。

「勇者」打倒「魔王」之後，好像就一直待在這個勇者管理局裡頭。

這代表……原來如此。

「『勇者』要是待在外頭，就會因為不得不拯救他人的衝動而發生衝突。勇者管理局會在這麼深的地方，就是為了將『勇者』與外面的世界隔離吧。」

「對，我也察覺到了這點。」

原來愛絲妲發覺到的就是這個，她是因為這樣才那麼鑽牛角尖吧。

面對「勇者」與「魔王」這樣的威脅，如果有高階技術該怎麼做？

答案就是這個勇者管理局。

也就是說，這是管理「勇者」的人生，讓「勇者」沒有冒險也不去戰鬥的設施。

「怎麼會……『勇者』的人生怎麼可以這樣，我沒辦法接受啊！」

梵如此大喊。

梵的信仰是要盡好身為「勇者」的責任，所以他想必無法認同那種「勇者」的存在方式。

「你沒必要接受，我們只是說以前是那樣而已。」

儘管愛絲妲說了這樣的話，梵還是受到打擊。

神所創造的名叫加護的系統。

古代人類已經掌握那種系統。

「我以前曾經想過，如果是出自神的旨意，就算『勇者』為世界犧牲也是無可奈何的事情。」

愛絲妲望著在紀錄中出生並邁向死亡的「魔王」和「勇者」並且這麼說：

「但那種思維導致的就是這個，單純為了不停重複的現象而遭到消耗的『勇者』。這絕對不是能帶給人們勇氣的存在。」

「……應該就如愛絲妲所說吧。不過古代人類單純是為了減少損害，進而採取最有效率的方式。」

「是啊……犯下過錯的不是人類，而是戴密斯神。」

身為聖職人員的愛絲妲……否定了神的作為。

夥伴們都為此感到驚訝。

不過我能理解愛絲妲的心情。

「戴密斯神一定在『勇者』與『魔王』的戰鬥中尋求著某種事物。可是祂尋求的一定不是這種『勇者』與『魔王』毫無意義地持續的戰鬥。演變成這種形式的時候，戴密斯神就該放棄『勇者』了。」

如此說道的我看向梵。

梵好像很擔憂地看著不停變化的地圖。

菈本妲依偎著那樣的梵，打算溫暖梵那顆變得冷卻的心。

「梵。」

「雷德先生……『勇者』的意義是什麼呢？你明明說來這裡就會找到答案，卻害我更加迷惘……」

「古代的人類是把『勇者』當作手段，用來解決『魔王』這種定期發生的災害。這種思考方式很合理。」

「可是我討厭那樣的『勇者』！」

梵斬釘截鐵地這麼說道。

「可是以宏觀視野來看，這也可以說是完成了加護的責任。雖然是絕對會取勝的戰鬥，沒有留下任何冒險與傳說，不過對抗了邪惡。」

「可是那樣不對！我的內心覺得勇者不該那樣！」

我同意梵所說的話，露出微笑並回應他：

「既然如此，把這當成答案不就好了嗎？」

「你說答案……」

「意思是，想成為怎樣的勇者就由梵來決定。我認為梵只要選擇自己希望的生活方式即可，無論要成為怎樣的勇者、要度過怎樣的人生、要迎接怎樣的結局都沒關係。」

我會希望梵知曉關於「勇者」的事情，並不是要梵當個正義的「勇者」，而是希望梵能以自己的意志活出自己的人生。

「勇者」的衝動很強烈。

梵今後一定會被「勇者」束縛，難以自由自在地生活吧。

儘管如此，我還是希望梵不要放棄自己的人生。

就算梵要度過加護所尋求的人生，我也希望那是梵自己的意志所選擇的人生。

「……我不懂。」

梵垂頭低語。不過等他抬起頭來的時候，表情上展現出了決心。

「可是我想以勇者的身分踏上旅程，和愛絲妲小姐、菈本妲、劉布先生交談，還有和各式各樣的人相遇，藉此得知我想成為什麼樣的勇者。」

「這樣就行了。」

聽見梵的答案，愛絲妲和其他夥伴都笑了出來。

在這之後，勇者梵一定會真正開始他的旅程。

「菈本妲，妳討厭這樣的梵嗎？」

「敢亂講話我就殺了你喔，梵時時刻刻都非常傑出……不過今天的梵可是格外的帥氣！」

菈本妲這麼說並打算親吻梵的臉頰……卻在這時停下動作。

「……妳怎麼了，菈本妲？」

不太對勁，我有股很強烈的不祥預感。

菈本妲緩緩地仰視天花板。

不對，她是看透天花板的另一側，眼神像是發覺那裡有什麼東西。

「別碰梵——！」

菈本妲拚命叫喊，那小小的身軀出現無數裂痕。

菈本妲面對半空中的某種東西釋放出足以解放本質的全力。

「菈本妲！」

莉特叫喊出聲，可是菈本妲沒有餘力回應。

這到底是……！

夥伴們不曉得發生了什麼事，不知所措。

不，只有梵的表情沒變。

他仍然維持與我們一同歡笑的表情，僵在那邊不動。

情況有點不妙……！

我邊拔劍邊跑向菈本妲。

「啊。」

抗拒著某種東西的菈本妲停下動作。

「梵……」

菈本妲嘴裡滲出悲傷的嗓音。

梵的劍已經砍在菈本妲的身上。

噴血的菈本妲無力地倒到地上，躺了下去。

梵要對菈本妲揮下絕命一擊的瞬間，我抓住她的身體並逃到梵的攻擊距離外。

可是，梵的反應太快了！

這速度比露緹還要快，太扯了！

「唔！」

我持劍配合梵的一擊做出格擋。

這應該是完美無缺的防禦架式。

可是我的身體隨著衝擊浮在空中。

我感受到飄浮時特有的不安，打算採取護身姿勢來著地。

衝擊貫穿了我的背。

我是撞到天花板了嗎……！

撞擊天花板的力道讓我朝著地面高速下墜。

甚至沒有使出雜耍技能的餘地。

「啊嘎……！」

劇烈的衝擊讓身體發出悲鳴。

只不過一擊，就讓我受到站不起來的傷害。

「梵……梵……」

我因痛楚而痙攣的肺好不容易擠出話語。

梵的表情就像他剛來佐爾丹那時，以一張毫無陰鬱的信仰者表情笑了。

「啊啊，主降臨了，『勇者』會毀滅邪惡、拯救人民，『勇者』正是因為如此才會存在。」

梵好像昏了頭一樣地述說。

接下來行動的是愛絲妲。

「難不成像當時的露緹那樣，是『勇者』失控了？」

那是錫桑丹讓露緹抓住聖劍時的事。

當時「勇者」加護以強烈的衝動讓不想再當「勇者」的露緹思考麻痺，還打算除掉我們。

這次換成梵的「勇者」也失控了嗎？

「不……對……」

我沒辦法好好說話，可是得警告其他人才行。

「梵！晚點我會治好你，現在先毀掉你一條腿喔！」

「我來支援！」

愛絲妲為了阻止梵而跳出去，亞蘭朵菈菈為了支援而結印。

我得阻止她們……就算是她們兩人……不，活在這世上的任何人都沒辦法贏過現在的梵。

「雷德，你要不要緊！」

與此同時，莉特為了治療我和菈本妲的傷勢跑到我身旁。

就只是一瞬間。

愛絲妲和亞蘭朵菈菈的身體不支倒地。

人類最高峰的兩名高手連互相配合也辦不到，就被一劍砍倒。

「怎麼會……」

莉特一臉難以置信地看著眼前的慘狀。

她的動作一瞬間停止了。

不妙……！

「啊！」

梵瞬間縮短距離，持劍殺向莉特。

我以激烈的情感對雙手雙腳注入力量，並且設法起身……但不可能趕得上。

不過龐大的身影已經跳向梵的死角。

是達南！

感覺會最先衝出去的達南先前都沒有行動，想必是因為他直覺地理解到，現在的梵身懷可怕的力量。

就算愛絲妲和亞蘭朵菈菈被打倒，他也沒有行動而在等待最佳時機。

「武技：昇龍砲！」

達南傾注全力的一擊……沒有發動。

「抱、抱歉，雷德……」

轉瞬之間，梵的劍早就先一步貫穿達南的身體。

實在太強大了，居然會有那個最強「武鬥家」達南無可招架的狀況。

這並不是「勇者」的失控。

那時失控的露緹比平時的露緹還弱。

因為僅靠衝動來行動的思考方式無法發揮露緹原本的劍法。

可是現在的梵不是那樣。

梵仍在使用他的劍術，而他的體能、反應速度、加護技能，以及其它各種特質都強化到令人絕望的地步。

顯示加護的地圖變紅了。

上頭強調代表梵的點。

那只是單純的數字，若是這樣我看得懂。

「勇者」加護等級100。

這是奇蹟。

只有一個存在能做到這種事。

先前已經發生過梵的加護從「樞機卿」變為「勇者」的奇蹟。

所以，那個存在或許是覺得就算再發生一次……透過梵的加護直接灌輸力量的奇蹟也沒有關係。

把許多人的人生搞成一團亂的存在就在那裡。

「戴密斯神在那裡嗎……！」

戴密斯神現在就透過梵的身軀站在那裡。

「主降臨了，我覺醒成為真正的勇者……我就是救世主（Savior）。」

戴密斯神以梵的聲音訴說。

這根本是鬧劇，什麼真正的勇者，什麼救世主啊，戴密斯神不過就是闖進自己創造的物體內部，用自己的嘴巴在講話而已。

腦袋燃起怒火，身體因而顫抖。

梵已經有所成長。

發生變化的加護令他不知所措，犯下了許多過錯、陷入迷惘，不過終究還是找出自己的勇者之道。

輸給我而心有不甘，察覺劍術的樂趣而喜悅，與夥伴一同冒險而歡笑。

就在梵終於要踏上旅途的時候。

那些事物都被這個奇蹟輕易地抹消了。

梵至今所得到的事物，戴密斯神都認為沒有價值並加以踐踏。

「開什麼玩笑……」

我這是憤怒。

面對眼前這種不講理的情況，我忘卻痛楚站起身來，朝著戴密斯神持劍擺出架勢。

「戴密斯神，祢是這個世界的創造主。梵的肉體、梵的加護、梵的靈魂，也都是祢打造出來的。或許就是因為這樣，才會認為自己可以隨心所欲地擺布他。」

我瞪著戴密斯神吶喊。

「可是梵的意志是梵自己建立起來的！只有那份意志專屬於梵，不會是其他人的東西吧！我說得對不對啊！回答我，戴密斯神！」

戴密斯神緩緩張開那張從未停止微笑的嘴。

「不是的。」

戴密斯神以梵的嗓音，用開導孩童般的口氣溫柔地說下去：

「神給予你們的肉體、給予你們的加護、給予你們的意志，那些全部都是你們的東西。神只是愛著你們而已。」

「竟然說那是愛？」

戴密斯神無力垂下的手裡握住的聖劍一滴又一滴地落下血液。

那是被祂斬殺的夥伴的血。

「斬殺梵的夥伴，還說愛著我們？」

「你不必哀傷，就算肉體或意志毀滅，靈魂也是不滅的。神的愛全都是為了你們而傾注。雖然世界的數量無窮無盡，只有這個世界充滿了神的愛與幸福。」

我一直都在想像……將「勇者」硬推到露緹身上的戴密斯神，究竟是怎樣的存在。

我並不喜歡戴密斯神，甚至覺得祂是仇人。可是神有神的想法，我也能夠理解人們會對戴密斯神尋求救贖、能夠理解社會道德是建立在信仰的價值觀上頭。

所以就算有仇，我也從未憎恨戴密斯神。

直到現在！

「祢像這樣子降臨，看來不是第一次啊。」

我對戴密斯神發問：

「祢以前也會像這樣，在世界進展的狀態不如意時，創造出假的『勇者』並且親手干涉……消滅古代人類的就是祢吧？」

露緹與梵的感情會有差別的理由。

梵的「勇者」與梵手上的聖劍是差不多的東西。

梵的「勇者」是神明製造的量產品，是仿造露緹所擁有的，源自初代勇者阿修羅惡魔之靈魂的真正「勇者」。

「沒錯，以前的人們忘記了神的愛。為了拯救那些悲哀的人們，我唯一能做的就是讓他們捨棄先前獲得的所有文明。神無論何時都愛著人類，而且現在也一樣。」

戴密斯神對祂一路以來殺掉的生命沒有半點悔意，也不帶半點憐憫。

祂的心裡只有慈愛，戴密斯神是為了拯救而殺戮。

靈魂會轉生。

所以對戴密斯神而言，人的死亡只不過是將靈魂遞給下一個肉體的現象……祂不會覺得那是悲劇。

「我可不認同。」

我用力握緊持劍的手，對戴密斯神吐出這句話。

「這個世界充斥著戰事，每天都有數不盡的性命消逝。」

對於我說的話，戴密斯神溫柔地回應：

「死亡並不是終結，所有的性命都只是被神的愛所包覆，往下一個階段前進罷了。你們所說的人生，只不過是如同泡沫的幻夢。」

「重點不是下一個階段，而是現在這個瞬間的人生啊！」

我現在和莉特一起在佐爾丹過活的人生才是幸福。

看著從「勇者」當中解脫，與媞瑟一同開心歡笑的露緹才是幸福。

在順從加護過活才有效率的這個世界上，以自己的意志活出自己的人生。

那就是我所選擇的人生（慢生活）。

所以我不可能認同踐踏梵意志與人生的戴密斯神！

「等等，雷德！」

莉特挺身擋在打算應戰的我面前。

她以回復魔法對我和倒下的菈本妲的身體注入活力。

「別阻止我，莉特！我絕對饒不了那傢伙！」

「這我曉得！可是你有勝算嗎！」

「可是那傢伙！」

「憤怒到失去理性不是雷德的風格喔！達南和愛絲妲或許會因為憤怒而變強，但那不是你的戰鬥方式！」

莉特的吶喊讓我有點恢復冷靜。

勝算？

對手是神，是將加護等級提升到１００的「勇者」。

與過去的敵人不在同一個水準上。

那恐怕是比勇者露緹和魔王泰拉克遜還要強大的存在。

「對手十分強大，只能把命運託付在劍上了。」

「別停止思考！」

「可是我們能在這裡說話是戴密斯神的慈悲，祂只是讓即將被殺的我們有最後一點時間交談。」

戴密斯神並沒有戒備我們的行動。

既然戴密斯神能在一瞬間打倒達南和愛絲妲，那祂一定隨時都能殺掉我們。

祂只是在等我們做好被殺的心理準備。

「求求你，雷德，不要放棄啊！我會爭取時間，你千萬別放棄！」

「說什麼爭取時間……」

「我也來幫忙。」

「亞爾貝……」

「就算只能多撐一秒，我也會和莉特小姐一同爭取時間，所以請你一定……」

亞爾貝的視線有一瞬間看向倒下的愛絲妲，然後不甘心地咬緊牙根。

「請你一定要贏過戴密斯神！」

居然要求我這種不可能辦到的事。

不過我的腦袋完全冷卻了，自己很冷靜。

是啊，我得拯救夥伴才行。

倒下的夥伴都受了致命傷，維持現況就會死去。

能夠治療那種傷勢的只有愛絲妲……可是連那個愛絲妲都倒下了。

剩下的只有梵的「治癒之手」。

是啊，別忘記最重要的事情。

我得從戴密斯神手中救出勇者梵，只有這次不容許落敗。

「……有機會。雖然是萬中無一的可能性，還是有取勝的機會。」

「雷德！」

「可是——」

我需要時間，不管跑得多快都要六分鐘。

對手是戴密斯神卻要爭取六分鐘的時間……就算靠莉特和亞爾貝也辦不到。

「雷德，相信我。」

「要六分鐘！這裡交給妳了！」

「了解！」

只能跑起來了！只能相信莉特！

我跑出去的同時，戴密斯神也行動了。

祂就不打算在我回來前好好等著是吧！

「災厄精靈風暴（Ketu Elemental Storm）！」

出現了強烈的魔力奔流。

無數的閃電、火焰、狂風，各種破壞能量都撲上戴密斯神的身體。

儘管身體噴血，菈本妲還是以自己的生命攻擊戴密斯神。

「菈本妲！」

「別回頭！」

菈本妲大喊。

是啊，我只該往出口奔跑。

細長的巨大影子迎面而來，與我擦身而過。

這次又是什麼？

齒輪巨龍？

它的背上還坐著不只一個齒輪騎士！

雖然我沒回頭，不過從氣息也可以知曉齒輪巨龍正變回原本的齒輪龍樣貌，並前去對抗戴密斯神。

戴密斯神是毀滅古代人類文明的存在。

人類在最後想必將戴密斯神視作敵人。

或許是齒輪獸們仍在遵從那樣的命令吧。

這可不能說是幸運，畢竟這是戴密斯神自己造成的。

這是那個神明所殺掉的人們的遺志。

滅亡的人類最後留下的武器阻止著戴密斯神。

我拚盡全力奔跑。

利用「雷光迅步」與「疲勞完全抗性」來奔跑。

這是戴密斯神給予的加護與技能，但現在是屬於我的東西。

我可不會讓祂說三道四。

「齒輪獸們……！」

通道裡的齒輪獸們陸陸續續前去戴密斯神所在的房間。

原來還留下這麼多戰力啊。

齒輪獸們燃燒著最後的壽命，前去挑戰毀滅了它們創造主的神明。

遺跡的照明熄滅了，這個遺跡正要死去。

回去的路途已經探索過了。

只要循著記憶跑到底就行！

我抵達有纜車的地方。

沒有餘裕可以悠哉搭乘。我跳至頭上的軌道，運用雜耍技能並持續奔跑。

抵達我們據點所在的區域後，再繼續向前跑。

腦海裡浮現梵在據點開心地鑽研劍術的樣子。

我得冷靜，要專注在該做的事情上。

目的地是下層的最深處。

阿修羅惡魔錫桑丹開啟的門扉另一側。

「有了！」

這是露緹與錫桑丹的戰鬥中留下的最後一把劍。

以前讓露緹的「勇者」失控的源頭。

我拿起神．降魔聖劍。

如同鉛一般沉重，這是只有「勇者」能使用的劍。

現在就放進道具箱來搬運吧，那樣就不會覺得重了。

拿到要拿的東西之後，我調頭跑回莉特身邊。

＊　＊　＊

我衝進房間的時候，戰鬥仍在持續。

菈本妲、亞爾貝已經倒下。

齒輪獸們也被破壞得粉碎。

遺跡好像連水缸裡的怪物也投入戰鬥，在無數怪物的屍體當中，撐到最後的寶石獸幼體也即將倒地。

莉特呢！

「雷德，你回來了啊。」

「莉特！」

莉特她還活著。

雖然衣服染血，但她身後有達南、亞蘭朵菈菈以及愛絲妲這三人。

她想必是一邊戰鬥，一邊將倒下的夥伴運到安全的地方了。

「我一直相信著你喔，雷德。」

「莉特，還好吧！妳的傷勢……！」

莉特用手制止我。

「你應該晚點再管我吧？」

「……嗯。」

我從道具箱取出神・降魔聖劍。

「那不是神所賦予的聖劍嗎？」

戴密斯神好像覺得很意外地說道。

「很遺憾，那把聖劍只有『勇者』才能運用呢。」

「這麼說並不正確。」

我接著拿出野妖精的祕藥。

「那是拒絕神愛意的毒藥啊。」

拒絕神愛意的毒藥嗎……原來如此，這就是最適合這種狀況的藥物！

我一口吞下那藥物。

味道有夠糟。

「聖劍只有『勇者』能夠使用？那可就怪了，畢竟初代勇者可是沒有什麼『勇者』加護的阿修羅惡魔啊。」

「……你可真狂妄。」

這把聖劍是只有「勇者」能使用的聖劍。

這把聖劍是並非「勇者」的阿修羅惡魔獲贈的聖劍。

可以解決這種矛盾的答案只有一個。

不是因為持劍者是「勇者」才能帶出聖劍的力量。

是「勇者」以外的加護包含了無法運用這把聖劍的限制。

那個時候，阿修羅惡魔錫桑丹能夠運用這把聖劍，並不是因為他和初代勇者屬於同一種族。

是因為錫桑丹並不具有加護。

我接二連三地將野妖精的祕藥喝光。

感受到技能弱化、加護愈來愈弱。

「真是悲哀呢，你已經接收不到神的愛了，儘管如此神還是會愛你。」

戴密斯神向我這邊過來。

拜託了，聖劍，還有初代勇者。

快回應我吧。

我並不是勇者。

但請你們現在助我一臂之力。

為了拯救倒下的夥伴，還有——

「為了拯救眼前這名總有一天將成為勇者的少年，請把力量借給我！」

我雙手緊握聖劍如此叫喊。

『就成全你吧。』

我聽見了聲音。

『所謂的勇者並沒有那麼浮誇，只要打從心底想拯救自己以外的人，就有當勇者的資格了。』

你是——

『我只是聖劍上殘留的一點點靈魂碎片喔。可是這麼說來我也給你們添了許多麻煩啊……所以我會使出全力幫你，擺好架勢吧！』

戴密斯神把劍舉高。

我看得見祂的動作。

那明明是連達南都無法反應的神速動態，我卻清楚地看見了。

我持劍配合戴密斯神做出動作。

防禦的同時還以斬擊來取勝。

我看見了劍術的理想形式。

可是這樣就會把梵殺掉……！

『你要相信勇者的力量。』

兩把劍在剎那間交鋒。

聖劍相撞，劍刃作響。

自聖劍流進我體內的力量提升了我的能力，讓自己的體能與反應速度都追上強大無比的戴密斯神。

既然如此，比劍術我不可能會輸。

戴密斯神的劍被撇至左方，我的劍便朝祂露出破綻的防禦架式劈下去。

「為什麼要拒絕神的愛？」

戴密斯神說話了。

「因為那是自以為是的愛。」

我這麼回答。

神・降魔聖劍貫穿梵的身體。

確實有砍中的手感。

不過梵並沒有流血……我觸及的是戴密斯神的本質。

還真是諷刺。

這把聖劍是世上唯一以神的力量製造出來的物品，所以有著與神同樣的地位。

也因為如此，劍刃才能傷害接觸了梵的神之手。

「真是遺憾。」

梵的身體有如斷線人偶般癱倒。

我感覺到有股強大力量正從梵的身體離去。

「梵！」

彷彿在回應我的聲音，梵腳步不穩地站起身來。

「我、我不要緊……雖然記憶朦朧，但我知道發生了什麼事喔。」

「你恢復原狀了啊！拜託你，快點治療大家！」

梵他好像還站不太穩，不過他看著我的眼睛並且點頭，然後先去菈本妲身邊治療，後來也對所有人都使出「治癒之手」。

我們好不容易活下來啦。

＊　＊　＊

戰鬥結束，我走至莉特身邊。

「莉特……妳還好吧？」

「我一直相信雷德必定會取勝。」

「我這次真的……差點就放棄了，要是沒有莉特在，我沒辦法振作起來。」

「嘿嘿嘿，我的雷德可是很厲害的。」

莉特的傷勢完全治好了。

不愧是梵的「治癒之手」。

把技能練到專精可不是虛有其表。

『你做得很好。』

又聽見了聲音。

我的腦袋之前都在想該怎麼處理眼前的戴密斯神，便自然而然接受了這個聲音……不過我是在跟初代勇者說話啊。

怎麼辦，對方可是傳奇英雄，自己現在才緊張起來。

『不用那麼拘謹，我只是很久以前便已死去的阿修羅的一小部分。厲害的是你啊，面對戴密斯卻打得這麼漂亮。』

這都是因為你叫我相信你啊。

對方可是至高無上的神明，我竟然不可思議地鼓起勇氣。

不禁讓我覺得正宗勇者的話語真的很有分量。

『現在的我沒有那種力量，那股勇氣源自你的內心。』

能聽見你這麼說真是光榮。

『畢竟這把劍曾讓你的妹妹受苦啊，能夠彌補那時的事情真是太好了。』

當時是因為這把聖劍具有被「勇者」加護持有者拿在手上，就能強化「勇者」能力的功能吧。

『正是如此，其實成為一名勇者原本和加護或技能都沒有關聯。「勇者」加護代表的只是我曾經以那種方式活過啊。』

戴密斯神到底為何造出「勇者」……為什麼「勇者」只是想依循自己的意志而活，祂就要引發那種奇蹟並加以干涉呢？

『我也不是完全理解，不過看來是自己的生活方式剛好達到戴密斯神創造出加護的目的。』

……原來是這樣，所以才會把你的靈魂用於加護啊。

戴密斯神是要讓人過著和你一樣的生活方式，想重現和你一樣的靈魂嗎？

『戴密斯神不會在果實成熟後單純為此滿足。祂認為只要逼迫他人採取我的生活方式，就能造出與我相同的「勇者的靈魂」。所以祂不去收穫好不容易成熟的果實，而是把果實埋進地面，期待它長成新的果實。』

初代勇者的聲音逐漸變小。

『看來你麻痺的加護已經恢復。我好久沒和別人講這麼多話了。』

等一下啊！再告訴我一件事就好！

「Sin」到底是什麼？在我妹妹身上產生的加護究竟是……！

『那是身為真正魔王之人的力量，我所挑戰過的世界最強力量的一部分。』

真正的魔王？

『你要小心戒備，但不必害怕，魔王是每個人都持有的力量。其中也會產生愛情，要怎麼運用就看你們的決定……』

初代勇者最後這番話小聲到只能隱約聽見的程度，不過確實地傳進我的心裡。

『勇者啊，幸福地活下去吧。』

初代勇者對我們留下這句話便消失了。

＊　＊　＊

「雷德，你還好吧？」

莉特擔心地盯著我的臉看。

看來我和初代勇者交談的時候一直坐在地上。

「我這個姿勢維持了多久？」

「咦？應該只有幾秒吧，我在想你是不是累了才找你搭話。」

「這樣啊。」

我覺得好像說了一分鐘左右，原來只是一瞬間的事情啊。

手上的聖劍沉重無比。

「雖然加護已經恢復……技能還是處於弱化的狀態啊。」

野妖精祕藥的效果仍在持續。

原本只能喝下一劑的藥，我喝了六劑那麼多。

……會不會出事啊？

「雷、雷德，你的臉色好像有點差喔。」

「其實我自己也不曉得，這種祕藥喝了一堆會怎麼樣……」

「咦、咦咦！」

「因為沒有其他辦法，我就……」

「加護會把那種藥視作毒素吧！我馬上施加解毒魔法。」

莉特立即結印讓解毒精靈在我四周飄浮。

……嗯──好像有比較舒服了，又好像沒有。

「沒什麼變化……！」

「我想祕藥的毒素是消除了，可是解毒魔法似乎無法治療加護的異常狀態。不過這樣至少不會讓製作祕藥所使用的材料引起意料外的副作用。謝謝妳，莉特。」

「唔──」

莉特看起來很擔心。

「也讓我幫忙吧。」

「梵。」

把大家都治好以後，梵靠近我身邊使用「治癒之手」。

加護的異常狀態果然無法治好……但我感受到操勞過度的肉體輕鬆許多。

原來如此，由於加護弱化、技能麻痺的關係，肌肉與骨骼都受到不少傷害啊。

要是戰鬥的亢奮緩和下來，我剛才應該會有如身處地獄。

「梵，謝謝你，加護好像還是沒有恢復，但我身體好多了。」

「……對不起。」

「梵沒必要道歉，只是發生了神的奇蹟而已。」

那當然不可能是梵的過錯。

「謝謝你救了我珍視的人們，要是沒有梵的『治癒之手』，大家早就死了。」

我打從心底對他道謝。

梵看起來不知道該怎麼回應才好，不過他微微地點了頭。

這樣就好了。

「……對於你這個懷有信仰的人來說，奇蹟直接發生在自己身上了，你以後有什麼打算？」

「我以後……還是會像之前一樣喔，畢竟我還不曉得自己想成為什麼樣的勇者。」

「這樣啊。」

「可是這場冒險改變了我的人生……戲劇性的程度與我獲贈『勇者』加護的奇蹟不相上下……謝謝你，雷德先生。」

梵現在依然還在迷惘。

可是那份迷惘當中看來沒有痛苦。

梵的那份迷惘一定是可能性。

我和梵一起踏上的旅程就到此結束了……我不曉得梵以後會成為什麼樣的勇者。

不過，梵想必會以自己的意志選擇不會後悔的人生吧。

這讓我十分高興。

第四章 冒險的終結與一個人的假日

「早安。」

有聲音傳來。

我睜開眼睛。

眼皮異常沉重，好像整具身軀都在拒絕起身。

「哥哥。」

露緹的紅色眼瞳就在眼前。

「早安，露緹。」

「早安……嗯，果然是這樣。」

露緹看了我的表情後便點點頭。

「今天媞瑟會做早餐，哥哥就放鬆休息吧。」

「嗯，沒關係，就像平常一樣由我來做早餐……」

「哥哥現在非常累，今天必須好好休息才行。」

露緹一副要我乖乖聽話的態度這麼說道。

「我知道了……只是幫忙也不行嗎？」

「不行。」

被拒絕了。

我無可奈何地躺在床上仰望天花板。

沒什麼特別的。

「呼……」

睡意馬上就襲來。

平常的我根本不會這樣。

受過訓練的我無論處在多麼艱困的狀況，只要敵人發出那麼一點腳步聲，就會立即醒來。

這樣的我……居然會因為疲勞就起不來，而且還打算睡回籠覺。

「這就是幾乎沒有持久力技能的狀態啊。」

我是「引導者」。

加護等級一出生就是31，懂事以後馬上就獲得技能了。

所以我沒有體驗過幾乎沒有技能的狀態。

「不過露緹都那麼說了，就睡個回籠覺吧。」

我屈服於睡意閉上眼睛。

以半睡半醒的腦袋回想著昨天以前的冒險。

與戴密斯神的戰鬥結束後，我們回到遺跡裡建立的據點。我和夥伴們分享自己所知曉的資訊，還有整理在遺跡裡獲得的戰利品等等。

我成功與初代勇者交談的事情讓大家很驚訝啊。

可是，就算這樣也不代表有什麼變化。

初代勇者肯定了我們的生活方式。

所以我們並不會有什麼大幅改變。

至於神．降魔聖劍則是在我們隔天離開遺跡之前，放回了原本的房間。

雖然這樣敘述「勇者」聖劍有點奇怪，不過「勇者」使用那個聖劍十分危險。

梵後來使用的聖劍是在遺跡裡得到的古代人類製品。

那把聖劍也是強大到連劉布樞機卿都會歡喜不已的武器。

露緹用過的降魔聖劍已折斷，這世界目前沒有任何一把劍比得上梵的那把聖劍。

梵以後想必會用那把聖劍對抗魔王軍，並且戰無不勝吧。

我們決定不將遺跡裡發生的事情透露給劉布樞機卿。

關於那遺跡的知識具有足以顛覆世界的威力。

我們後來對劉布樞機卿說明的內容，是將這場冒險的目的定調為尋找古代妖精留給勇者的裝備。

愛絲妲與梵應該會巧妙地對劉布樞機卿解釋吧。

就結果來說，這整件事情就這麼圓滿地做了個總結，結局可喜可賀就對了。

雖然發生了許多事，但那是一場不錯的冒險。

遠方傳來柴火燃燒的聲音。

感覺很美味的香氣也飄過來，看來早餐是竹輪燉湯呢。

「雷德——！」

「呀！」

我舒服地睡著回籠覺，鼻尖突然被某個小小的東西猛力踢了下去。

突如其來的衝擊讓我邊按住鼻子邊滾下床。

「哎呀，沒想到你會受到那麼大的傷害。」

「菈本妲……現在我的技能沒在運作，整個弱化了喔。」

「哦——這還滿有趣的，可不可以再踢一腳？」

「絕對不行！」

衝進來把我踢飛的是菈本姐。

真是的，突然過來這裡做什麼啊。

「反正啊，我也只是有點事情要辦，馬上就離開。」

「有點事情要辦？」

看來菈本姐有事要找我。

還以為她是無所事事就來踢我。

「……多虧有你才能從戴密斯神手中救出梵，謝謝你。」

「哦，沒想到會聽見菈本姐對我道謝。」

明天想必會下雨吧。

「好啦，這個給你，當成你救了梵的謝禮。」

菈本姐把指尖大小的石子丟了過來。

「哇。」

我慌忙地接起來。

我的反射神經也變得遲鈍，差一點就沒接住。

我打開手掌看看裡面的石子……原來是寶石。

「這不是……藍寶石嗎！」

「噓——！聲音太大了！」

莅本姐貼到我嘴巴上讓我住嘴。

我點點頭。

「很好，要是讓莉特聽見，難得的求婚就搞砸嘍。」

「這到底是怎麼回事？」

「之前有說過吧，只要我說一聲，無論要黃金還是寶石都能到手。」

還真是毫不留情地利用大仙子的特權啊。

人類要是有這樣的君王，部下也會十分辛勞……看在我這個當過騎士的人眼裡，這種狀況讓人肚子有點痛。

不過現在就老實地為這份禮物開心吧。

藍寶石是和莉特天藍色的眼瞳很相似的寶石。

以前我想送莉特藍寶石戒指，便冒險至「世界盡頭之壁」與寶石獸戰鬥。

那個時候，結果是寶石獸把寶石都吃光，沒能拿到藍寶石就是了。

「意外地拿到了藍寶石啊。」

這一刻終於到來。

＊　＊　＊

已經整個清醒的我，把寶石放進服裝內側用來裝貴重物品的口袋。

以冒險者為對象的衣裝設有專門裝貴重物品的口袋，裝進去的物品絕不會被扒走。

雖然裝進裡頭的物品沒辦法迅速取出，不過在委託人託付貴重物品之類的情況，不想讓物品離身的時候就會用到那種口袋。

「雷德，早安啊！」

莉特以充滿朝氣的聲音迎接我。

「莉特，早安。」

「嗯？雷德你果然還是很疲倦吧，和平常不太一樣。」

「哈哈，應該是因為『引導者』加護弱化了才會有那種感覺，另外有一部分就像莉特妳說的，我還是有點累。」

不過最大的原因在口袋裡頭……

這可不能讓她知道。

不過就算被她知道了也沒問題啦。

我前去「世界盡頭之壁」那時有先對她解釋……可是我多少也想讓她驚喜。

「啊，雷德先生，早安。」

「早安，媞瑟、憂憂先生。」

我打個招呼後，待在媞瑟頭上的憂憂先生就舉起右前腳打招呼回應我。

「我剛把早餐端上桌。」

「我也在。」

在媞瑟的身後，手拿餐具的露緹強調著自己的存在。

真是可愛。

「今天是用歐帕菈菈小姐做的竹輪所烹調的黑輪風燉湯與竹輪麵包。」

「竹輪麵包。」

「很好吃喔。」

媞瑟充滿自信地這麼說道。

媞瑟和憂憂先生有學到料理技能。

知識面似乎也有向歐帕菈菈討教。既然是他們倆做的菜，一定很好吃吧。

外觀上，明顯從麵包裡突出來的竹輪還滿有趣的，不禁令人竊笑。

原來如此，這是一道會令人開心的料理，很符合媞瑟那表情不明顯卻帶有幽默個性的作風。

＊　＊　＊

「「「謝謝招待。」」」

用完餐後，大家一起收拾餐具。

雖然我想幫忙，但她們還是叫我休息。

所以我現在就坐在椅子上，什麼事都沒做，只是悠閒地喝著茶。

今天的早餐很好吃。

「冷靜點……」

說起來我還真沒想到戴密斯神會出現啊。

回想起來就很佩服我們居然有辦法存活，令我不禁嘆氣。

在對戰勇者梵之後，這一次的戰鬥也是讓人心驚膽戰。

不過那也都結束了！

至於與魔王軍之間的戰鬥，在維羅尼亞王國回歸人類陣線的現況下，再加上勇者梵帶著魔王船文狄達特加入戰局，要將魔王軍逐出這個大陸也不是遙不可及的事了。

勇者梵的名字一定會成為刻劃於人類史的英雄名號吧。

「引導者」的工作也結束了。

「好啦，得趁現在補充我不在的時候減少的藥物庫存呢。」

「那也要等到明天！」

收拾完餐具後回來的莉特生氣地這麼說道。

「佐爾丹還有其他的藥商，雷德現在沒必要勉強自己啊！」

「的確，目前也沒有流行病或者怪物襲來的狀況啊。」

真要說起來，若沒辦法使用技能，也會在調合藥物時造成阻礙。

嗯——我雖然樣樣通樣樣鬆卻用豐富的技能一路工作至今，在目前這種技能弱化的狀態下真的無法好好工作。

「的確是休息比較好。」

「沒錯沒錯。」

我死心了。

莉特看似滿足地笑著。

「這樣就好，我希望付出非常非常多努力的哥哥，能花上一天好好放鬆休息。」

露緹也這麼對我說道。

「露緹、媞瑟，早餐很好吃喔。」

「謝謝你的捧場，竹輪真偉大呢。」

媞瑟表情不明顯的面容看起來十分得意。

這麼說來，我也不曉得媞瑟是在怎樣的情況下喜歡上黑輪與竹輪的呢。

黑輪是東方傳來的菜色，並不是整個大陸都吃得到的主流菜餚。

說不定媞瑟喜歡上黑輪的緣由也是出自某一場壯闊的冒險。

「店鋪由我來顧，這幾天我可是成長到可以稱作活招牌的地步了。」

「哦哦。」

「就交給我吧。」

露緹熱血沸騰。

我去冒險的那陣子到底發生了什麼事呢？

沒辦法親眼見證露緹成長的瞬間令我心有不甘。

「怎麼這麼說啊，露緹！這裡是雷德&莉特藥草店，所以活招牌應該是我才對！」

莉特提出抗議。

露緹用力地搖搖頭。

「有人說莉特與其說是活招牌，還不如說是老闆娘。」

「……那是誰說的？」

「岡茲。」

「岡茲啊——」

莉特仍然面帶笑容，不過她在生氣。

永別了，岡茲，你是一個好人。

「可是莉特和露緹都在工作，只有我休息啊。」

話說起來，我和莉特一起住之後，這說不定是我第一次一個人休假。

那麼，該做些什麼呢？

就在我茫然地思考的時候，憂憂先生輕快地跳到我的肩膀上頭。

「嗯，怎麼了，憂憂先生？」

憂憂先生舉起兩隻前腳，露出英勇的神情。

「憂憂先生是說，你如果想出去他會當你的護衛。」

媞瑟這麼解說。

原來憂憂先生是因為我弱化而在擔心我啊。

這樣也好，偶爾和憂憂先生一起度過假日也不錯。

「那就麻煩你嘍，憂憂先生。」

憂憂先生搖動身子，表示我可以安心仰賴他。

＊　＊　＊

雷德＆莉特藥草店開始營業，我和憂憂先生一起走出店鋪。

或許是因為我在遺跡裡待了一陣子的關係，感覺佐爾丹的季節忽然變成了夏天。

走著走著，就聽見大清早醒來的蟬鳴聲。

「天氣真熱。」

我如此低語後，憂憂先生也從我衣服的縫隙探出頭來，點頭表達同意。

他一開始站在我頭上，不過在夏季豔陽之下，待在黑髮上似乎太熱了。

要是我站在憂憂先生的立場，想必也會躲到衣服裡頭。

「雷德哥哥！」

有個孩子的聲音把我叫住。

「坦塔。」

那是岡茲的姪子——半妖精坦塔。

坦塔露出白色牙齒發笑。

「感覺好久不見了耶。」

「畢竟我外出好一陣子了啊。」

「我去過雷德哥哥的店裡好幾次，卻一直都沒看到人。」

「抱歉抱歉，我最近有滿多事要處理。不過那也都結束了。」

「真的？」

「嗯，我會遵守一起去坐船的約定，你放心吧。」

「不只是坐船，我還有其他很多想做的事耶！」

坦塔生氣了。

畢竟我因為梵的事情去聖杜蘭特村旅行，也前去仙靈聚落，以及探索遺跡，時常不在佐爾丹。

而且這次是普通的藥商雷德與勇者梵一同去古代遺跡冒險，這種情況不太好解釋，使得我一聲不吭就出門了。這想必也是他生氣的原因吧。

「這麼說也對，那我們現在要不要一起去玩？」

「咦？可以嗎？還以為你有什麼事情要辦。」

「我是打算去莫格利姆那裡一趟，不過下午再去也沒關係吧。其實我今天放假，店面是交給莉特顧喔。」

「哇～！我一直以為雷德哥哥放假的時候一定要和莉特小姐待在一起呢。」

坦塔露出打從心底覺得很意外的表情。

我和莉特有形影不離到令人露出那種表情的地步嗎？

「嗯。」

「這樣啊——」

小孩子一臉正經地表達同意後，我也沒辦法說些什麼。

「那我們要玩什麼？」

「坦塔想玩什麼？」

「那麼我們來想想雷德哥哥的店要怎麼改建吧。」

「哦，改建啊。」

「你和莉特小姐的孩子出生之前，多做一些裝修應該比較好吧？」

「孩子！」

我不禁叫出聲來。

「你在害羞什麼啊。」

「不，說什麼生孩子。」

「雷德哥哥都老大不小了，別那麼害羞，要好好考慮有小孩以後的事情啊。房子不是蓋好就結束了，隨著家人的成長，房子也需要一起成長喔！」

「……嗯。」

我被唸了一頓。

坦塔的表情是專業人士的表情。

害羞到慌張起來的我好羞恥。

「這次主要是內部裝潢喔！雷德哥哥也要想像生孩子後的狀況，好好地思考喔！」

「我、我知道了。」

坦塔從包包裡拿出紙和蠟筆，開始畫起房間的樣子。

這下我得認真思考才行。

有我和莉特在，莉特的臂彎裡抱著小小的嬰兒。

我的手一靠近，嬰兒就緊緊地捉住我的手指。

那是幸福的未來景象。

後來我便和坦塔一起討論我家庭成員增加後的房屋樣貌。

＊　＊　＊

到了中午，我望著從坦塔那裡收到的兒童房繪畫，走在佐爾丹平民區的通道上。

「憂憂先生應該也覺得不錯吧？」

露出臉來的憂憂先生看了那張畫，就用前腳做出拍手的動作。

看來他也很中意的樣子。

「我的小孩生下來以後，憂憂先生會幫忙顧小孩？哈哈，真是可靠呢。」

想像憂憂先生為了安撫哭出來的嬰兒而揮動手搖鈴的樣子，我就覺得很開心而笑出聲來。

憂憂先生也開心地搖晃著身子。

「……話說今天好熱啊。」

到了中午，天氣就愈來愈熱。

陽光也更加強烈，地面飄起一股熱氣。

「去那間店喝點什麼吧。」

聽了我說的話，憂憂先生便點了點頭。

「歡迎光臨！」

在女服務生開朗的聲音迎接之下，我們進入一間小小的店。

裡頭有因為炎熱而顯得無力的平民區居民們。

嗯——雖然是很有佐爾丹風情的景象，但光用看的就覺得悶。

我們在空著的桌位坐下。

「要點些什麼呢？」

「啤酒和水。」

「要不要吃點什麼？」

「我想想……有什麼和啤酒很搭的嗎？」

「那麼，卡塔法克托風肉丸如何呢？」

「哦，這裡的老闆是北方出身啊。那我就點那個吧。」

「好的——」

女服務生前往廚房。

飲品與料理馬上就端了過來。

我先吃了一口肉丸看看。

嗯，這是蒜味比較重的肉丸啊。

果然和佐爾丹的調理方式不同呢。

這道菜很好吃。

而且重點是——

「大熱天喝的啤酒為什麼就是這麼好喝呢？」

我將裝在啤酒杯裡頭的啤酒咕嚕咕嚕地喝進肚子裡。

在炎熱的大白天喝酒真是人間美味。

憂憂先生也開心地喝著裝在小盤子的水。

今天雖然很熱卻是和平的一天。

「哇！這是怎樣！」

「這傢伙是從哪裡進來的！」

怎麼吵吵鬧鬧的啊。

回頭一看，便看見有一匹馬跑進店裡了。

那匹馬視線投向我這邊後，便踏響馬蹄走過來。

「該不會是憂憂先生的朋友？」

憂憂先生輕盈地跳起來。

那匹馬好像也在回應我和憂憂先生一般高聲「嘶嘶」地鳴叫。

「看來不是因為剛好來到附近才過來打招呼的樣子。」

「嘶嘶，噗嚕嚕。」

這匹馬好像想表達事態嚴重，可惜馬說的話我一點也聽不懂。

「憂憂先生，這匹馬在說些什麼呢？」

憂憂先生開始用小盤子裡的水在桌上畫圖說明。

一如既往的高規格動作。

「嗯嗯，伴侶不見了，主人又不可靠，希望憂憂先生能幫忙找是嗎？」

或許是正確傳達訊息給我十分開心，憂憂先生舉起兩隻前腳，一副很高興的樣子。

伴侶不見了啊……

「憂憂先生要怎麼辦？」

憂憂先生看來挺困擾。

由於憂憂先生已決定要護衛我，沒辦法接受馬朋友的委託。

可是伴侶不見可是件大事，是分秒必爭的問題。

而且就算是馬匹的事情，聽說是伴侶有難，我也無法坐視不管。

「我可以一起去嗎？」

聽了我說的話，憂憂先生就跳起來表現喜悅。

好，我一口氣喝光啤酒，去找回這匹馬失蹤的伴侶吧。
這個世界充斥著戰事，不過也充滿著同等數量的冒險。

＊　＊　＊

三小時後。
「事情解決！」
我和憂憂先生以井水乾杯，慶祝事情平安解決。
冒險的全貌是這樣的——
先去調查馬兒伴侶失蹤時所在的牧場，然後發現擄走那匹馬的犯人是怪物獅鷲獸。
後來我們把獅鷲獸找出來，救回了那匹馬。
不過那隻獅鷲獸好像也是在找能當牠伴侶的馬。
馬在獅鷲獸眼裡應該是獵物，不過偶爾會有獅鷲獸愛上本應是獵物的馬。
也因為如此，後來我們就自然而然地換成找尋獅鷲獸的新娘。
也順便打倒想捉住獅鷲獸並加以支配的獸之魔女（Beast Hag）。
最後也找到了能接受獅鷲獸的馬，可喜可賀可喜可賀。

明年的這個時期，獅鷲獸與馬想必會生出一頭傑出的駿鷹吧。

「哎呀，結果還是大鬧了一場啊。」

我的加護已經弱化，但我的戰鬥方式本來就不依賴武技和魔法。

而且憂憂先生也在，這點程度的事件不算什麼。

……話說回來，我今天其實放假呢。

在充滿冒險的這個世界，走在路上就會遇上冒險。

不過佐爾丹的冒險算是比較少的。

好，委託者不是別人而是憂憂先生的朋友，而且這場冒險也是以圓滿大結局收尾，沒什麼問題吧。

把獅鷲獸給我們的羽毛賣掉也能賺點外快。

而且對大家敘述今天這場冒險，他們一定也會覺得有趣吧。

「冒險結束後的水真好喝。」

雖然只是普通的井水卻很冰涼，這也是它好喝的點。

大熱天的啤酒是很好喝，不過到頭來或許還是冰涼的水最棒呢。

「憂憂先生平時都會做這種冒險？」

憂憂先生舉起右前腳回應。

他給我總是和媞瑟待在一起的印象，不過看來也滿常自由行動呢。
說起來在這次的冒險當中，牧場的動物們好像也有找他商量各種事情。
「我想找時間聽一聽憂憂先生的冒險故事。」
憂憂先生聞言開心地舉起兩隻前腳。

＊　＊　＊

就在我來到莫格利姆的店鋪附近的時候。
「雷德先生！」
我聽見令人懷念的聲音。
「艾爾！你回佐爾丹了啊！」
跑過來我身邊的是「武器大師」冒險者艾爾與亞爾貝以前的夥伴們。
「米絲托慕婆婆和戈德溫也在啊。」
「好久不見了呢。」
「你好啊，藥商。」
在艾爾他們身後的，是從冒險者身分退休的米絲托慕婆婆，以及原本是盜賊的戈德溫，他後來轉為商人負責管理與「世界盡頭之壁」之間的交易路線。

「憂憂先生看來也挺有精神的嘛。」

戈德溫看見從我衣服中露臉的憂憂先生便瞇眼而笑。

「艾爾怎麼會回來佐爾丹？」

「有東西要送至佐爾丹冒險者公會。雖然只能留在這裡一陣了，但這次是個好機會，夥伴們也都說好要去見見家人和朋友。我們才剛在冒險者公會辦完事！」

「原來如此啊。」

「我打算晚點去一趟雷德先生的店，真沒想到會在這裡重逢呢！」

看見艾爾開心的笑臉，我也開心起來。

「要記得來我店裡一趟啊，莉特一定也會很高興。」

「這是當然！」

艾爾看起來真的強健許多。

這樣就會覺得艾爾寄住在我們家裡是好久以前的事情了。

「我則是在冒險者公會對年輕人講述自己以前的故事。」

「我是整備道路時，順便去一趟冒險者公會發出委託，結果剛好被艾爾他們幾個看見。就在我被包圍，感覺下場會很慘的時候，米絲托慕大師過來幫忙解危。」

「畢竟以前闖進店裡抓走艾爾的人，就是戈德溫啊。」

應該待在監獄裡頭的戈德溫出現在冒險者公會，使得艾爾他們以為出了什麼事情，於是去逼問戈德溫吧。

米絲托慕婆婆回想起來便發出「呵呵」的偷笑聲。

「戈德溫那時窩囊的表情可真是傑作呢，不過最後是戈德溫請大家去吃美味的料理就是了。」

「所以你們才罕見地一起行動啊。」

還真是會發生意想不到的事。

「雷德先生來這裡有什麼事嗎？」

「嗯……其實啊。」

我從口袋裡頭取出藍寶石。

「我想用這個做戒指，對莉特求婚。」

「咦咦！」

艾爾驚訝地叫出聲來。

「真的找到寶石了啊，幹得不錯喔，雷德。」

「英雄莉特終於要和藥商結婚了啊。」

米絲托慕婆婆和戈德溫十分感慨地點頭。

然後大家都笑著這麼說：

「「「恭喜你。」」」

啊啊，他們為我的幸福祝賀真令人高興。

＊　＊　＊

我終於抵達莫格利姆的店。

平時很快就能來到這裡，今天卻花了不少時間。

「憂憂先生也陪我出來這麼久，真不好意思啊。」

憂憂先生抖了幾下後，便搖晃身體回應說他很開心。

說得也是，我們買東西買得挺開心的。

「是雷德啊，劍又折斷了嗎？」

「你好啊，莫格利姆，我這次是有其他事。」

矮人鍛造師莫格利姆從店面內部走出來。

「這麼說來敏可小姐沒來顧店啊。」

「她最近肚子也大了，我只讓她顧半天店。」

「這樣啊，原來也經過那麼久的時間了。」

莫格利姆的太太敏可小姐也有了孩子。

確認她懷孕是冬天的事，原來如此，到了春季後半也就是肚子會很明顯的時期啊。

「其實我希望她整天都乖乖待著，可是那樣的話好像會對母子倆的身體都不好。我是第一次有孩子，真的是什麼也不懂。」

「第一個孩子啊，肯定充滿新鮮事吧。」

「我把耳朵貼到那傢伙肚子上啊，就能知道孩子在裡面動……」

莫格利姆長有鬍鬚的臉充滿喜悅。

他一定是因為自己的孩子即將誕生於世，非常期待又高興得不得了吧。

我想起放進腰包的那張坦塔畫的素描，想像有孩子的將來。

啊啊，那真是美妙的未來景象。

好，為了那樣的將來，得先辦好這件事。

「莫格利姆，我今天是來委託你一件很重要的事。」

「嗯，對喔，既然不是劍又折斷，那你今天來幹嘛？難道是來買菜刀嗎？」

「不，其實……」

我將藍寶石放到櫃檯上。

「這是！」

「嗯，我想用這個來做結婚戒指！」

莫格利姆大動作地向我抱過來。

「喂、喂。」

「你幹得太好了！那時沒能製作戒指的事，真的讓我一直很掛心啊！」

雖然我試圖輕輕推開莫格利姆，可是他那感動至極的粗壯手臂沒有要放開的跡象。

不過這也沒關係吧。

憂憂先生站上莫格利姆的頭頂後，就像在分享喜悅般跳著舞。

＊　＊　＊

「三天！」

我訝異地叫出聲音。

櫃檯上的憂憂先生也吃了一驚而跳起來。

……他跳起來好像是被我的聲音嚇到。

「三天就能做好戒指嗎？」

「對啊，其實戒指的底座已經做好了。」

「我還沒委託你做耶……」

「你是說到做到的男人，無論是藍寶石還是鑽石，我都覺得你一定會弄到。所以我才會趁有空的時候先幫你做好。」

莫格利姆以鑑定用的放大鏡窺視藍寶石。

「嗯——」

「如何？」

「這寶石非常棒，在我看過的藍寶石當中也是第一名。」

莫格利姆發出感嘆的聲音。

「有這個藍寶石，想必能做出最棒的結婚戒指！」

「哦哦！」

莫格利姆熱血沸騰了。

看來菈本妲那傢伙準備了相當棒的寶石給我。

下次見到她就道個謝吧。

「好，既然要做就得討論設計！你吃完晚餐了嗎？」

「還沒。」

「那就在我家吃吧！這間店今天已經打烊了！」

莫格利姆粗魯地走至店外擺放打烊的牌子。

「喂，莫格利姆！我還想看看二手的長槍耶！」

「煩死了！今天已經過了營業時間，你明天再來吧！」

「怎麼這樣——！」

我聽見外頭傳來這樣的叫聲。

憂憂先生搖動身子，表達「真是傷腦筋」的想法。

＊　＊　＊

我要回家的時候早已入夜了。

有個可疑的男人對走在路上的我搭話。

「喂，你看起來實力挺不錯，我這裡有一筆生意，要不要聽聽看啊？」

「不必，我已經經歷過太多冒險嘍。」

「別這麼說，光是收集火屬性獨角兔的角就能賺大錢……」

不必理他。

終於看見我家的燈光了。

「呼，終於能回家了，憂憂先生你也辛苦了。」

憂憂先生迅速地舉起右前腳。

然後偏著頭看我。

「嗯，你問我今天放假開不開心？是啊，我非常開心。」

今天是很不錯的一天。

我家愈來愈近。

「雷德！」

「哥哥。」

莉特與露緹坐在店面前方的長椅上。

「妳們倆難不成是在屋外等我？」

「想說今晚月色很美，在外面等應該也不錯。」

「我們也有準備點心。」

露緹將放有許多圓形餅乾的盤子拿給我看。

「看起來很好吃呢。」

「雷德吃過飯了嗎？」

莉特如此詢問。

「嗯，我在莫格利姆那邊吃了。」

「哦，敏可小姐的狀況怎樣？」

「肚子大了許多呢。莫格利姆最近想避免她去店裡工作，因此特別努力的樣子。」

「呵呵，莫格利姆應該會成為一個好爸爸吧。」

我拍掉衣服上的灰塵後，就在她們兩人坐著的長椅上坐下來。

「這張椅子坐三個人有點窄呢。」

「不會，這樣才好。」

「是啊，王宮那種寬敞的椅子是不錯，不過像這樣在狹窄的空間肩並肩的感覺也很棒喔。」

「這樣子啊。」

因為她們倆空出位子，我就自然而然地坐到兩人中間。

右邊是莉特，左邊有露緹。

我們肩膀靠在一起吃著點心。

用了許多蛋做成的圓形餅乾味道醇厚又好吃。

憂憂先生一跳到地上，就抬起右前腳對我打招呼。

他應該是要回去在我家裡的媞瑟身邊吧。

「今天謝謝你啦，去找媞瑟說說今天發生的事情吧。」

憂憂先生好像在說「當然」一樣地歪歪頭，然後快步走進我家裡。

「哥哥，加護的狀況如何？」

「嗯，技能等級有恢復一些喔。照這個狀況來看，一週左右就能完全恢復。」

「太好了。」

「恢復以後，再看要不要用這次冒險提升等級的技能點數強化什麼技能吧。」

這是我開始慢生活以來第一次提升等級。

用來取得以前沒顧慮過的共同技能感覺也不錯。

「比如說呢？」

莉特這麼問我。

「嗯，我想想啊……」

雖然共同技能有很多種……

「取得操縱技能或許也不錯呢，我也想操縱看看飛空艇那種東西。」

「真的很好奇耶！我有參觀過降落的地方，但沒看過實際在天上飛的樣子呢。」

「就是會想搭一次看看啊。」

我和莉特看著對方點了點頭。

「飛空艇的事情交給媞瑟就行，我想晚點問她相關資訊就可以了。哥哥操縱飛空艇的時候我也要搭。」

「真令人期待。」

我這想法其實是半開玩笑，不過這麼做好像也不錯。

「再來就是繪畫技能之類的吧。」

「繪畫？很棒耶！」

繪畫技能是將雙眼所見或者腦袋裡的東西精確地畫出來的技能。

應該很難在戰鬥或旅途中派上用場吧。

畫地圖的時候可能會很方便，不過畫地圖需要的是精確測量。取得生存術（Survival）那類的技能還是比較合適。

所以曾是騎士的我從來沒有理會過繪畫技能。

「可是為什麼突然想到繪畫？」

「就是今天有滿多接觸到繪畫的機會。」

我從腰包取出坦塔描繪的店舖圖給她們兩人看。

由於坦塔還沒接觸到加護，這是沒有運用技能所畫出來的圖。

雖然是兒童畫的圖，但我覺得這張圖很不錯，就算沒用到技能也能理解他想畫出什麼樣的房子。

至於莫格利姆一邊用圖示解說一邊和我討論戒指設計的事情，就等三天後再揭曉也可以吧。

「這是坦塔畫給我的，說是將來的改建設計圖。」

「這個……是兒童房吧？」

「嗯，很不錯吧？」

「……呵呵，真的很棒呢。」

莉特開心地露出微笑。

「我想了解哥哥今天一整天度過了怎樣的假日。」

露緹望著那張畫這麼說道。

「我上午遇到坦塔，和他一起玩到中午，而他畫了這張圖……機會剛好，我來說一說前去古代妖精遺跡冒險那天到今天的假日之間都做了些什麼事吧。」

「嗯，我很期待！」

「要說完會花不少時間……不過現在這氣氛滿舒適的，就直接在這裡講吧。」

我對露緹講述了冒險的事情。

發生了許多事。

勇者管理局的真相、古代妖精其實是人類的事、梵在冒險當中成長的事，以及抹除那一切的戴密斯神的奇蹟。

「戴密斯神祂！」

就連露緹都訝異到僵住。

會這樣也很正常吧，畢竟發生的事情確實就是奇蹟。

「我果然也該跟去，那個狀況非常危險。」

「的確啊，這次我真的覺得撐不下去了。」

「當時我也陷入絕望，不過雷德失去冷靜以後我反而覺得自己該冷靜才行……」

「都是多虧有莉特救場喔，謝謝妳。」

要是沒有莉特，我就會任憑憤怒和絕望驅使去找戴密斯神一戰，然後和大家一起死去了吧。

當時面對的是足以令人自暴自棄的壓倒性力量。

「我也想揍戴密斯神一拳呢。」

露緹握緊拳頭發出「唔唔唔」的低吟。

畢竟對露緹而言，戴密斯神是將「勇者」硬推到她身上，讓她人生一團亂的幕後黑手啊。

想揍祂一拳也是理所當然。

「不過哥哥沒事就好。」

「露緹知道了『勇者』的事情……不會覺得怎樣嗎？」

過去的勇者的生活方式讓梵受到了打擊。

不過露緹只是搖搖頭：

「我已經不是勇者了。」

「說得也是。」

所謂的勇者，對露緹而言是早已結束的事。

雖然我有一點擔心，但露緹已經跨越「勇者」了。

後來我告訴她戰鬥結束後的事情，也講了今天發生的事。

坦塔的事、與憂憂先生一起冒險的事、與艾爾和米絲托慕婆婆重逢的事、在莫格利姆店裡吃晚餐，和敏可小姐聊起她即將出生的孩子的事。

然後我也告訴她們，像這樣子三個人一邊看著夜空一邊聊天十分幸福。

「明明是休假卻經歷了許多事呢。」

「對啊，不過今天一整天都很開心，這就是我的日常生活（慢生活）喔。」

我如此斷言。

這個世界充斥著冒險與戰鬥。

無論去到哪個邊境都不會改變這點。

就算找來英雄，想必也沒辦法改變這個世界吧。

可是，自己的內心是自由的。

所以我覺得，應當去守護「無論在什麼世界都要得到幸福」的意志。

我們很幸福。

尾聲
刻劃圓滿大結局的戒指

三天後的晚上。

「戒指在裡面呢。」

我用手指碰觸口袋中放有戒指的盒子加以確認。

雖然我心想「這都第幾次了」而在內心露出苦笑，但不是「勇者」的我就是會擔心受怕。

我坐在店外的椅子上，等待莉特回來。

這狀況和前陣子剛好相反啊。

「啊，雷德！你在等我啊？」

「啊，嗯，歡迎回來，莉特。」

「嘿嘿嘿，我回來了！」

莉特抱住我，輕輕地吻上我的臉頰。

柔軟唇瓣的觸感讓我心跳加速。

「今天開始是雷德你做晚飯，可是這樣真的好嗎？還可以再休息一陣子喔。」

「沒關係，畢竟料理技能已經恢復了。而且我很喜歡做菜給莉特吃。」

「嘿嘿嘿，那我去換衣服嘍！」

「啊，嗯。」

莉特這麼說完便走進房子裡。

我碰觸口袋裡的盒子。

沒能交給她啊……

＊　＊　＊

廚房裡響起「喀噹喀噹」的聲音。

我用肥皂與水清洗杯子，然後遞給莉特。

莉特接下我遞給她的餐具後，就用抹布拭去水氣再放到櫃子上。

「好，做完嘍。」

「辛苦啦。」

把最後一個杯子放進櫃子後，莉特就舉起一隻手。我輕輕地拍了那隻手的掌心。

「耶——」

我們只是花費些許時間一起洗餐具，莉特臉上卻浮現宛如剛完成一份工作的笑容。

我們一起做一件事的時候，都會擊掌、握手，或者是互相抱抱。

嗯，不過呢，要是有其他人在就不會那麼做。我覺得應該沒在其他人面前做過，可是實際上或許稍微有做過吧。

「那我去準備洗澡水嘍。」

「嗯，麻煩妳了。」

我回到起居室把桌子擦好。確實地擰乾用過的抹布。

做完這件事，就在莉特準備洗澡水的時候悠閒地等待。

「唔嗯——」

問題是要在什麼時候交給她。

「我都緊張起來了，果然還是等到明天再說吧。」

腦裡閃過了消極的想法。

我急忙搖頭，將怯懦的情緒趕出腦袋。

「團長教過我，什麼事情都像那樣拖延可是不好的行為。他說過，決定要出擊之後必須毫不猶豫地進攻，果斷速決的劍才會百戰百勝。」

不過他當然是指使劍與用兵的事。

團長八成也想不到我居然會在這種場合想起他說過的那番話。真令人懷念啊，他是我剛加入騎士團那陣子，對於為了增加「引導者」初期等級而戰的我，講述與技能無關的劍術有多麼重要的一個人。

而且他教過我的不只是劍術。將見習時期的我稱作「吉仔」的團長，一而再再而三地要我別太過依賴「加護」。

「聽好了，吉仔，加護確實是我們力量的泉源。可是加護完全不會為我們做判斷。到底什麼才是正確的事物，這就要靠我們自己做出選擇了。」

加護不會做出判斷。人們時常忘記這個原則。

因為人們會透過反抗衝動的痛苦，以及消除衝動的喜悅所帶來的感覺，被迫學到遵循衝動才是正確的作為。

而且聖方教會的教義也有提到，源自加護衝動所產生的失敗與罪過，並不會受到戴密斯神的責備。

七年前，一位人盡皆知的山賊王，擁有「強盜」加護的凶惡男人遭受處刑。

大家都知道這男人殺害過許多人，也擄走了許多人，但他卻因為有盡好加護賦予的責任，因而受到教會與市民的大肆推崇，在他遭處死刑之前，在牢獄中的生活也是自由自在。

處刑那天有許多人湊過去看熱鬧，那男人因為即將死亡而恐懼地發抖，圍觀群眾裡卻有許多人對那男人發出要他加油之類的支持喊聲。

後來山賊王就在盛大的掌聲之下被處死。

「為什麼會這樣呢。」

我也有參加捉捕山賊王的戰鬥，而且那個男人並不是所謂的義賊那類人物。他有能夠吸引他人的領袖魅力那類特質，好像也很照顧手下的樣子，可是一想到因為他個人的利益和欲望而遭受襲擊或殺害的受害者們，我就沒辦法同情他。

「洗澡水燒得剛剛好喔！」

莉特的聲音傳了過來。真是糟糕，思考方向一整個走偏了。

最重要的事情——戒指該什麼時候拿給她都還沒決定。

……我就一邊泡澡一邊思考吧。

＊　＊　＊

我和莉特一起進入浴缸。

莉特背靠在我的胸口，她放鬆全身力氣，看起來很舒服的樣子。

可以從莉特後腦勺這邊看見的景色，包含她那健康的後頸以及浮出熱水的胸部之類的，那個……總之有許多看了令人害臊的事物。

由於我們出去冒險了一陣子，所以就很久沒像這樣和莉特一起泡澡。

「今天也很開心呢。」

莉特說了這樣的話。沾在天花板上的水珠「滴答」一聲落入浴缸。

「雖然久違的大冒險也很開心，不過呢，像這樣和雷德一起度過平凡的日常生活，果然才是最幸福的。」

「我來到佐爾丹的時候，還以為會度過更寂靜更孤獨的慢生活呢。」

「怎麼突然說這個……那樣子比較好嗎？」

我抱住莉特的肩膀。

「當然不是啊。」

我們閉上眼睛，互相感受對方的體溫。

「莉、莉特。」

我一定要說出口。

「泡、泡完澡之後我有東西要給妳。可以耽誤妳一點時間嗎？」

「咦，當然沒問題……可是要給我什麼東西呢？」

「只是很普通的東西……不對，一點也不普通，那對我來說是非常重要的物品。」

「重要的物品……」

我感受到我們倆都因為緊張而身體僵硬。

冷靜下來，先做個深呼吸。

＊　＊　＊

關於贈予訂婚戒指的習俗，有著這樣的傳說──

這是「冬之惡魔」與「龍騎士」傳說的一部分。

打倒了「冬之惡魔」的「龍騎士」救出被關在冰之城堡當中的「公主殿下(Princess)」。

可是「公主殿下」因為「冬之惡魔」的詛咒，整個心臟都凍結了。

那位美麗「公主殿下」的樣貌讓「龍騎士」一見鍾情。

而且「龍騎士」也因為「公主殿下」的心臟凍結、心跳停止而十分悲傷。

「龍騎士」將自己無名指的戒指拿下來之後，放到「公主殿下」的胸口，再把自己的血滴進戒指當中。

結果「龍騎士」的溫熱血液穿透「公主殿下」的肌膚並且直達心臟，溫暖了凍結的心臟。「公主殿下」的心臟再次開始跳動，她緩緩地睜開眼睛。

然後兩人相吻。

「龍騎士」與「公主殿下」結婚，並且前去她的故鄉成為國王。

傳說的內容大致上是這樣。

據說這就是阿瓦隆大陸的人們訂婚時會贈予戒指的緣由。戴在無名指上，也是因為有這個傳說。

總之就是那種……我覺得這傳說的暗喻有點太明顯。

在女性的戒指當中滲入血液之類的……

我等待出浴後正在換衣服的莉特，手上拿著裝有「戒指」的盒子。都到了這一刻，我卻還在優柔寡斷，煩惱她會不會覺得理想幻滅，還有自己是不是應該改天找一間氣氛不錯的餐廳再給她。

＊　＊　＊

「我、我換好衣服嘍。」

說了這句話便走出來的莉特，身上穿的並不是就寢時的袍服，而是平時外出會穿的服裝。

「不、不好意思。可是我喜歡這件衣服。我在洛嘉維亞作為你的夥伴一同戰鬥，在佐爾丹作為你的伴侶一同生活……那個，我不太知道該怎麼說比較恰當，可是比起什麼特別的日子，我覺得每天和雷德一同度過的日常生活才是最幸福的。所以說，穿這件衣服應該比較好……你不喜歡嗎？換一件漂亮的衣服比較好嗎？」

「不會，我也很喜歡穿著這件衣服的莉特喔。」

說完這句之後，我們倆的臉都紅了起來。

莉特想用脖子上的方巾遮住嘴巴，不過在即將遮住前就緊緊地用手捉住方巾，沒有把嘴遮住並且目光筆直地看著我。

「所以，你要給我什麼呢？」

受到莉特天藍色的眼瞳筆直凝視的同時，我確認右手裡戒指的觸感。

這時看著莉特的眼瞳，回想起在洛嘉維亞第一次遇見莉特時的事情。

「區區魔王軍，就算沒有勇者，我們洛嘉維亞公國也有辦法解決掉的！」

這是第一次遇見莉特時，她對我們說的話。

她和我們對立，雖然因為大家都在對抗魔王軍，所以她並沒有直接妨礙我們，可是打算搶先一步立下功績，藉此令我們無地自容。

莉特的父親當時接納了勇者，甚至打算讓出軍隊指揮權來尋求我們的援助，而莉特覺得她令我們無地自容以後就能改變父親的想法。

＊　＊　＊

我在洛嘉維亞首都一處的桌上攤開洛嘉維亞王給我的地圖，寫上需要解決的問題。

「受到占領的村子有兩個。南部有魔王軍的主力部隊部署。西部與東部也分散部署了半獸人輕騎兵(Hussar)部隊。來自山間聚落的木材供給量原因不明地減少。北部開拓地受到應該是龍(Drake)的怪物襲擊。沒有派軍支援鄰國桑蘭公國的要求。」

觀看魔王軍的配置，就能了解魔王軍的最終目的是包圍洛嘉維亞城。現在會襲擊村落，逐步斷開對於洛嘉維亞的食糧供給，目的應該是要讓被迫前去救援的洛嘉維亞軍疲於奔命。

從魔王軍保留主力部隊的惡魔兵，只讓半獸人輕騎兵加入戰局也能看出那就是他們的目的。

「令人在意的是魔王麾下的阿修羅惡魔部隊有加入戰局這點吧。」

與魔王泰拉克遜同族的阿修羅惡魔，是不知恐懼為何物的一群精兵，使得阿瓦隆尼亞的士兵們聞風喪膽。

儘管是步兵部隊，進軍速度卻極為迅速，遇上怎樣的險路都暢行無阻。

他們特別擅長從河川猛攻，會搭小船襲擊聚落。就算要集結軍力展開反攻，也會逃到河上，沒辦法加以追擊。

人類的城鎮基本上都建立在河川附近。人活著就需要大量的水。而且務農也一定需要水，輸送物資也是用船效率最好。

只要攤開地圖，想必就會發覺城鎮和村莊是沿著河川排列吧。

「如果是阿修羅惡魔的將軍在指揮就麻煩了……要儘早戒備來自河川的襲擊啊。」

假如依照洛嘉維亞王的想法，讓我們掌握部隊指揮權的一部分，就能輕鬆地實行那種應對方式。

「有些貴族強烈反對將指揮權交給我們，所以勇者有必要立下大功令他們刮目相看呢。既然如此，就要先從解放受占領的村莊，還有襲擊東邊與西邊的半獸人陣地開始進行吧。」

這個時候，房門被人粗魯地打開發出很大的聲響。

「外頭明明很亮，你卻悶在房間裡頭，還真是辛苦呢！」

「什麼啊，原來是莉特。」

我把放上腰際劍柄的手放開。

看見我這種動作，莉特就狐疑地看著我。

「你這個人為什麼在房間裡還劍不離身？」

「這是為了自衛，希望妳下次能先敲個門。」

「說什麼自衛，這裡可是洛嘉維亞喔？哪會有人來襲擊啊。」

我只是聳聳肩，什麼也沒說。

我是因為持續戰鬥至今，因此待在手碰不到劍的地方就會鎮定不下來——這種事情沒必要特地對她說。

「所以妳找我到底有什麼事？」

「我聽說了喔。」

莉特毫不猶疑地走至我的身旁。她就這樣把臉靠過來並露出賊笑。

莉特的臉占據我的視野，她那美麗的天藍色眼瞳令我一下子看得入迷。

「把軍隊指揮權讓給你們的決策，好像暫且擱置了呢。」

「多虧某個人的努力啊。」

「多謝你的誇獎！」

還以為她來這裡有什麼要緊事，看來就只是為了講這個而已。莉特擺出一副誇耀自己勝利的得意表情。

「就是這樣啦，你們幾個可以去拯救其他國家嘍。」

「這可恕難從命。」

莉特的面容轉為生氣的表情，抓住想要把視線移回地圖上的我的肩膀。

「會接納勇者的國家要有多少有多少吧？你們去那邊戰鬥不就好了？想要財富與名聲也不一定要拘泥於這個國家啊。」

「洛嘉維亞要是輸了，北部一帶的前線就會崩潰。」

「這種事情我也知道，所以就說我們會守住啊。」

「『會守住』沒有意義。如果是『已經守住』，我們會很樂意離開這裡。」

我說的話讓莉特說不出話來，瞬時令她視線游移。

不過她馬上就重新振作，嘆出一口氣。

「好吧。你們是為了贏過魔王軍而戰吧，這點我認同。」

「謝啦。」

「那就言歸正傳，你為什麼要一個人跟地圖大眼瞪小眼？」

「我們的做法是先由我整理情報，再和夥伴們商討。」

「咦？你的夥伴裡不是有『賢者』嗎？不交給那個人做嗎？」

「嗯……這個嘛。」

看我露出不上不下的表情苦笑，莉特或許察覺到我的意思，因而第一次露出柔和的表情。

「你也挺辛苦呢。」

「多謝諒解。」

然後莉特也一起看向桌上的地圖。

「時間很短，你卻查出許多東西呢。」

「畢竟要是沒有情報，沒辦法擬定接下來的方向啊。」

莉特看了一陣子後，便拿起桌上的筆在地圖上多寫了一些東西。

「這裡有前去販售物資的商人們留宿的旅店。」

「所以是基礎建設的重要地點啊。」

「而且地圖上雖然沒有，但這裡有山丘。若在這裡布陣應該能占上風。」

「嗯，反過來說要是敵方在那裡展開陣形，我們就難以攻堅了。」

「還有，這段『要留住東邊』的筆記是什麼意思？」

「那是說，要是這個地點遭到占領，這一帶的河川就會變得難以防衛。」

「……的確。我會把這點傳達給軍隊。這樣可以吧？」

「當然可以。不過假如魔王軍主力部隊攻過來，那就放棄防衛，退到這個地點比較好吧。」

「那的確不是適合防守的地形呢。」

「我覺得布陣於南邊的主力部隊應該還要再一陣子才會來到這裡。應該要趁現在收割農作物，讓村民們與物資一起撤退到這邊的城鎮裡頭。」

「可是，那個城鎮沒辦法容納那麼多的人口喔。」

「也需要準備臨時住宅啊……是說──」

莉特將視線從地圖上抬起，然後筆直地注視我的眼睛。

「妳為什麼要幫我？」

「你這個人啊，無論我說什麼，都不會在這裡的防衛戰結束前離開洛嘉維亞吧？我只是覺得，既然這樣與其讓你們在這邊閒晃，讓你們去打雜還比較好吧。我並不是認同你們了，這點可別搞錯啊。」

「這樣啊。那真是幫了大忙……可是，該怎麼說呢？」

我的嘴角不經意地上揚。

「怎樣啦？」

莉特看了我的表情就嘛起嘴巴，或許是覺得我在笑她。

我慌張地搖頭。

「不是那樣的！我只是很久沒像這樣跟別人一起整理情報。」

「你啊，真的很辛苦呢。」

「所以啊，該怎麼說才好……謝謝妳啦。」

「你、你傻了是不是！我才不是在幫你呢！只是為了洛嘉維亞才這麼做而已！」

莉特用方巾遮住嘴巴。

看來莉特發笑或者覺得害羞的時候，就會習慣性地遮住嘴巴。

我記得當時莉特的舉止看起來十分可愛，儘管莉特對我們毫不隱瞞敵意，但那個時候我其實已經不討厭她了。

＊　＊　＊

克雷基斯納村。那是在跨河橋樑四周建立的村子，南部道路與洛嘉維亞相連。

這村子畜牧興盛，牛與馬的牧場占據很大的面積。

村民花上好幾個世代培育出來的牛隻品種，不僅洛嘉維亞王會食用，阿瓦隆尼亞王國與卡塔法克托王國的王宮也會食用，因而特別有名。

若要前去洛嘉維亞就必須經由南部道路。旅行者們會調整日程，並且一定要在克雷基斯納村住上一晚，就算沒有吃到最高級的品種，也一定會大啖克雷基斯納的牛肉。

「別這樣！那隻是種牛啊！」

「你說啥？」

半獸人士兵手持微微彎曲且具有半獸人風格刀飾的軍刀，嘴角浮現嗜虐的笑容，並且瞪視纏著他的男人。

「這是我爸和我爺爺，還有他們的祖先培育至今的血統啊！牛都給你們了不是嗎！要是連牠都帶走，我們的牛就會絕後啊！我爸他們至今建立的成果都會化為烏有！」

「關我屁事。」

半獸人毫不猶疑地揮下軍刀。

軍刀刺在男人的背上。隨著痛楚與慘叫聲，男人倒下了。

「惡魔大人要我們徵收這裡所有的食物。」

半獸人走向綁在一起的牛群。

不過當他看見一名敞開雙手的少女站在畏懼的牛群前方，便停下腳步。

「別、別對爸爸的牛動手！」

在她的身旁，有兩名臉色發青的少年拿著農具擺起架勢。

半獸人舔了一下嘴唇。

「嘿嘿。」

被少女父親鮮血染紅的軍刀垂向地面，半獸人再次踏出腳步。

雖然少女因為恐懼而想逃跑，可是看見父親倒在地上流血的樣子，她就緊緊地閉上眼睛忍耐。

少女與少年們想必無法做出任何抵抗就會被殺掉。不過，那並不意味著他們那樣的行動有什麼意義。少女是為了家人，所以必須在此刻戰鬥。要是不這麼做，想必將會後悔一輩子——少女與少年們對這點都心知肚明。

感受到半獸人舉起軍刀的氣息，少女停止思考的腦海某處正想著一件事——她覺得自己喀吱作響的牙齒很吵，但她還是咬緊牙根。

不過無論等待多久，痛楚都沒有襲來。

＊　＊　＊

「嘎！」

我和莉特的劍對準半獸人皮甲的縫細刺進去。半獸人倒下便一動也不動。

「你們有沒有受傷！」

莉特跑至少女與少年身邊。這段時間我前去倒下的農夫身旁，讓他喝下治癒藥水。

「雖然給你效力更強的藥水會比較好，可是目前物資不夠，就先喝治癒藥水忍一忍吧。」

「唔……」

他因為流血而意識朦朧，不過只要把傷口堵住應該就能保住性命。

「妳該不會是英雄莉特吧！」

「嗯，沒錯。抱歉來晚了。我來救助這個村莊了喔。」

莉特所在的位置傳來摻雜淚水的歡聲。

我一回頭，便看見莉特為了讓少女等人安心而帶著笑容抱緊他們，也指示他們在戰鬥結束前都要躲起來。

「沒事的，會讓你們來得及吃晚飯。」

「真的嗎！」

「真的喔。要相信英雄莉特。」

「嗯！那邊那個人是莉特小姐的夥伴嗎？」

「咦？」

指向我的少女讓莉特說不出話來。

我的嘴角不禁上揚露出竊笑。

「到底是怎樣？我是妳的夥伴嗎？」

我隨口開個玩笑，莉特就狠狠地瞪我。她那副模樣好像讓少女有點不安，使得少女表情變得陰沉。

莉特連忙回答：

「對……對，沒錯喔！那傢伙是我的伙伴。他非常厲害，有我們在就能輕鬆解決掉魔王軍喔！」

「好厲害！」

少女與少年們以閃閃發亮的眼神看著我。我拚命地忍住不笑出來。

「謝謝你！莉特小姐的夥伴大哥哥！」

少女與少年們的話語讓莉特露出難以言喻的表情。

＊　＊　＊

「別再笑了！」

離開牧場後，莉特就朝著笑出聲來的我背後踢了一腳。

我當然不會讓她踢中。

「別閃開！」

「太不講理了吧。」

為了收復遭到魔王軍占領的克雷基斯納村，本來應該由我和蒂奥德萊前去襲擊那些半獸人。

占領村子的半獸人們受到奇襲時，就會先集結至指揮官身邊收集資訊。指揮官那邊就由露緹他們進攻，如果部隊中所有的半獸人看見指揮官遭到擊殺的狀況，就會士氣潰散並且拔腿逃跑——這就是原本計劃的作戰方式。

我們總數不到十人，不可能去對抗已經部署完畢的軍隊。所以必須在他們集聚的時候加以擊潰。

莉特似乎想看看我們的作戰方式，就擅自跟來了。一開始是要讓莉特和露緹他們一起攻打指揮官，不過她看見魔王軍在村子裡頭肆無忌憚地作亂，似乎忍無可忍。

所以蒂奧德萊和莉特交換位置，我就像這樣和莉特一起狩獵半獸人。

「啊——你很煩耶！我也沒辦法啊！那種場面下，我又不可能說『這傢伙不是我的夥伴』！要是我這麼說，那孩子不就會擔心嗎！」

「說得對，莉特真的是很可靠的夥伴呢。」

「咕唔唔。」

我們聊著這些有的沒的時，看見應該是在巡邏的四個半獸人。

「好啦，前面有四個半獸人。」

「左邊那兩個由我處理。」

「ＯＫ，那我就處理右邊的。」

半獸人察覺我們倆的存在並發出叫聲。

剛才我們是因為無法再等下去而立刻打倒半獸人，不過這種作戰不像這樣引起騷動就沒意義了。

「那我們上吧。」

我拔劍衝了上去。

「你們是什麼人！」

半獸人們也拔出軍刀應戰。

我使出的第一擊被半獸人的軍刀擋下。

「居然擋得下來，你還滿厲害的嘛。」

剩下的三個半獸人立刻要來斬殺我。

「你在拖拖拉拉什麼東西！」

莉特雙手拿著曲劍飛躍過來。

特色是向內側彎曲的曲劍揮出的一擊，架開了半獸人原本用來格擋的軍刀，劍尖也觸及了半獸人的身體。

這一瞬間，我眼前的半獸人分神了一下。我沒放過這個空檔便把劍劈回去，將劍刺進半獸人的左肩。

「呀！」

「咿嘰！」

兩個半獸人都按住傷口腳步不穩地向後退，隨後倒下。

不過剩下的半獸人看起來一點也不害怕地背靠著背。

儘管見識到我和莉特的劍技，他們的表情還是充滿自信。

……這兩個傢伙八成很強喔。

「聯手武技：阿吽合風刃！」

四面八方都捲起了刀刃狂風。

「唔！」

莉特的臉上第一次閃現緊張的神情。

我們防禦著無數的風刃，並且向後跳開。

「……魔王軍裡頭偶爾也有這種高手呢。」

我沒辦法用劍將攻勢全數擋下，看了身上的防具留下的傷痕，如此低語。

莉特的袖子也裂開了。雖然我們兩個看起來都沒受傷，但要突破那刀刃之風並沒有那麼容易。

「我叫葛德流特，意思是火鳥。」

「我是比修流特，意思是雷鳥。」

「「你們居然碰上十三騎兵隊的雷火（比修葛德），運氣可真差啊！」」

他們想必是半獸人中的英雄吧。

撐過生死關頭好幾次，使其加護等級成長的勇猛高手。

「而且還會使出聯手武技。」

兩人以上同時發動特定武技，會使該武技的效果倍增。剛才那招應該是將彎刀系武技「阿風刃」與「吽風刃」同時發動才能使出的武技。

「我還是第一次親眼看見。」

他們的身手這麼厲害，我想趁現在把他們解決掉。

我丟出一把飛刀試試看，不過那把刀馬上就被刀刃狂風擊落。

莉特以精靈魔法射出火焰箭，不過就連那招也無法觸及對手而被抹消。

「我們的阿吽合風刃無論是飛箭、彈藥還是魔法都沒辦法穿透！」

看來他們並不是虛張聲勢。

艾瑞斯或蒂奧德萊那種等級的強大魔法應該另當別論，莉特的魔法想必很難突破。

「可惡！」

莉特持劍擺出架勢，打算以近身戰挑戰對手。

「等一下。」

我壓住莉特舉起劍的手臂。

「咦、啊，奇怪？你什麼時候在這的？」

我用技能「雷光迅步」繞至莉特身旁。

半獸人們也有一瞬間浮現訝異的神情，不過馬上就恢復冷靜。

「是讓腳程變快的技能啊。不過無論你跑得多快，都不會影響到我們的武技！」

的確，我的「雷光迅步」沒辦法突破能夠遍及三百六十度空間的「阿吽合風刃」。

我的技能只是讓腳速變快。

無法招架無數飛刃組成的風暴。

「什麼啊，你該不會打算叫我逃走吧！」

莉特瞪著抓住她手臂的我。

「當然不是這樣。可是我們不能一直被他們拖延時間。」

「所以我現在才打算戰鬥啊！」

我在手臂上加重力道，凝視莉特的目光。

「怎、怎樣啦……」

「我們也聯手一下比較好。我會把攻擊擋下，莉特妳再從後面跟上，專注在進攻方面就好。」

「……聯手啊，不得不說你這想法很有道理。可是呢——」

響起了「鏗」的一聲。這是莉特用頭撞擊我額頭的聲響……好痛啊。

「我真是看錯你這個人了。我的雙劍適合用來化解大量的攻擊，你的劍又是長劍，比我的曲劍長。你應該有辦法縮短兩步以上的距離吧。我們要交換位置。還是你想說守護女性是騎士的責任？你傻了是不是！」

我們兩人額頭仍然貼著，莉特的目光筆直地看著我。

說得對，莉特她沒說錯。

「抱歉。妳能保護我嗎？」

「交給我吧。」

以雙劍擺出架勢的莉特站在前方，而我站在她的背後。

「阿吽合風刃是兩人都能涵蓋大約兩百七十度的範圍的武技。他們兩個互相掩護招式死角的背部。所以目前沒有死角。不過，也有攻勢比較弱的部分。我們要瞄準敵人正面進攻。對於另一人來說，那就是死角。」

我們打算衝至半獸人的正前方，視線會對上的位置。

不過半獸人臉上浮現游刃有餘的笑容。

「這可是我們的招式！」

「弱點在哪我們也是一清二楚！」

「「別以為你們這點本事就能破解喔！」」

背靠背的半獸人們在恰好的時機默契絕佳地轉動身子。從我們這裡看過去的側面。那裡是他們兩個的範圍重疊，刀刃最密集的地方。

「你們想集中攻擊一處，我們就用刀刃風暴迎擊！阿吽合風刃沒有死角！」

聯手武技：「阿吽合風刃」馬上再次發動。這一剎那，我一邊拉著莉特的手臂一邊發動「雷光迅步」。

「什、什麼！」

轉眼間我和莉特移動至半獸人們的正面。

與訝異的半獸人們不同，莉特沒有半點遲疑，立刻跳進風刃當中。

鏘鏘鏘鏘鏘鏘鏘！

莉特的雙劍以超高速的節奏作響。

要來劈裂我眉間的刀刃之風被莉特的劍彈開。不過莉特為了保護我而伸出右手，使得她的身體出現破綻。無數刀刃殺至範圍變大的標的。

莉特單靠左手便將所有刀刃彈開，可是沒能完全擋下的刀刃淺淺地撕裂她的大腿。

「再三步！」

我用叫聲代替對於莉特的關心。

踏出一步。接下來是第二步。莉特的左手臂迸發鮮血，但她沒有停下來。

然後是第三步。

莉特和我肩膀互碰的同時交換了彼此的位置。

刺出去的劍穿透半獸人皮甲的縫隙，插進他的胸口。

「唔喔喔喔喔！」

可是半獸人卻在這樣的狀態下抓住我的劍。

「什！」

半獸人繃緊全身的肌肉，固定刺進他身體的劍，讓我無法拔出來。

然後另一個半獸人的軍刀朝我的心臟突刺。

莉特的手碰到我伸出去的左手。她的手收回去以後，留下了她的曲劍。

我運用左手拿到的莉特的曲劍，向上劈斬把軍刀舉至頭頂的半獸人。

雖然這是我不習慣的武器，不過這下得手了！

朝我揮落的半獸人軍刀停在極度接近脖子的地方。

我聽見「嘰嘰嘰」的金屬磨擦聲。莉特的曲劍擋住朝我揮下的軍刀。

「你啊，甚至沒有半點要保護自己的舉動耶，居然能夠相信搭檔到這種地步，真是了不起啊……」

半獸人以沙啞的聲音對我們發出稱讚的言語。

曲劍的劍尖從側腹深深地刺進內臟，原本拿著軍刀的半獸人耗盡力氣倒下了。

「你們倆配合得很好。」

看見夥伴倒下，另一名半獸人把我刺進他身體的劍拔出來。湧出了大量鮮血。

那是致命傷。

被血染紅的嘴角歪斜，最後這個半獸人也倒在搭檔身邊。

「呼——」

莉特深深地嘆了口氣，一屁股坐下來。

「妳還好吧？」

我將高效治癒藥水遞給莉特。

她的大腿和左手上臂都流著血。

「謝謝……你運用曲劍的技術差勁透頂耶。」

「我可是在窮途末路之下使用不習慣的武器，希望妳能誇獎我一番呢。」

莉特一口氣喝乾藥水。彷彿傷勢痊癒前會感受到的所有痛楚全數凝聚一口氣襲來的特有痛楚讓莉特的臉皺成一團，不過她的傷口在下一瞬間就緊密癒合了。

「我是第一次和那麼強的半獸人戰鬥。」

「偶爾會碰到這種高手，畢竟魔王軍可是一直在戰爭。其中也有不斷打倒敵人而變強的傢伙。就算同樣是半獸人，納入魔王軍主力部隊指揮下的個體加護等級較高，實力也很強大。」

「你們幾個一直都在進行這樣的戰鬥？」

「畢竟我們沒有率領部隊啊。一定要像這樣以較少的人數拚命，才有辦法與魔王軍對等地戰鬥。」

如果以常識來思考，面對破百的半獸人軍勢只靠兩個人去襲擊根本和瘋子沒兩樣。不過要是實行合情合理的戰略，那就不可能只靠五個人跟魔王軍拚得不相上下。

如果真要說實話，我是很害怕沒錯。面對幾十個半獸人或惡魔的軍隊，倚賴劍與鎧甲殺進去的時候，無論以前經歷過多少次同樣情況都還是想逃跑。

用劍劃開戰士惡魔們有條不紊的槍陣並且突擊，鑽過從四面八方揮來的長槍，超越自己的極限，就算全身發熱也要揮劍。要是把劍放下就只能迎接死亡。

不知道從什麼時候開始，要是我手邊沒有劍就無法鎮定下來。睡前如果沒有把劍放在枕邊，就連睡一覺也做不到。假如身邊有劍，無論在怎樣的荒野當中也能睡著，可是若沒有劍就算在有數百兵力守護的都市裡頭也沒辦法睡著。

「你怎麼了，表情那麼可怕……」

「啊，抱歉。稍微想了一些事情。」

「在這種戰鬥途中想心事？」

「這麼說來莉特妳還不是坐在地上？」

我把手伸過去之後，莉特就紅著臉抓住我的手站起身子。

「這只是因為打倒了不好應付的對手，稍微鬆懈一點罷了。」

「說不定還有其他那麼厲害的貨色喔。」

「到時候再把他們打倒就好了吧。」

看見她那自信滿滿的面容，我感覺到內心緊繃的情緒逐漸散去，而且這是正面意義的反應。

我看見莉特的面容，就覺得很放心。

「要再次聯手嗎？」

「才、才不是咧！下次靠我一個人就夠了！」

如此說到的莉特含糊不清地在嘴裡碎碎唸，後來又低下頭補上一句：

「嗯，也行啦，假如是我一個人難以應付的對手，再找你一起去打也是可以。畢竟你很信賴我。至少在一起戰鬥的時候，我會信賴你的。」

「這麼說來，剛才莉特也很信任我啊。謝謝妳保護了我。」

「這種面對面道謝的行為，你居然有辦法說得這麼乾脆還一點都不害羞，真的很厲害耶。我有點尊敬你嘍。」

「我想這只是因為莉特很容易害羞吧。」

「誰、誰容易害羞啊！你說誰啊！」

我笑了出來。

回想起來，說不定我從這個時候就喜歡上莉特了。

若要說出原因，就是我在這一瞬間把戰鬥的事情、責任的事情，以及腰際佩劍的沉重全部都忘掉了。

只有眼前的莉特的聲音傳遞至我的腦海。

那時的我想要跟她再多聊一下，也想繼續看著她的身影。

莉特彷彿反映出天空的藍色眼瞳、柔順的金髮、那描繪出美麗曲線的身體、那具有強烈意志力的面容、那時常生氣又時常露出笑容的嘴巴、那看似纖細卻又蘊含強大力量的手指、自紅色裙擺當中伸展出來，給人健康印象的大腿，還有，無論何時都不依靠他人，一直以自己的腳步站穩的個性……

＊　＊　＊

「那一切的一切，都讓人有種惹人憐愛的感覺，我從那時開始就由衷期盼著能夠見到莉特。」

「雷德？」

我右手仍然緊握戒指，面對自己心中湧上來的情感。

可是，我明明這麼喜歡她，為什麼以前的我在佐爾丹沒辦法主動找她搭話呢？

被艾瑞斯逐出隊伍後，我內心受的傷比自己所想的還要重。一想到莉特可能也會拒絕我，就無論如何都沒有辦法主動對她搭話。

明明是這樣，我都瞞著夥伴默默離開了，還是沒辦法離開莉特所在的佐爾丹。

這就跟我以沒有戰鬥的日常生活為目標，卻還是無法把劍放下，隨身帶著銅劍的行為一樣。

我的心態不上不下，內心搖擺不定。

莉特來到了這樣的我身邊。她對我說想要和我一起生活。

所以我才能得到幸福，如果面對會奪走這份幸福的戰鬥，無論戰況多麼艱困我都能夠取勝。

因為莉特願意待在我的身邊，才有辦法待在這裡。

「我從很久以前，在洛嘉維亞遇見妳的時候就喜歡上妳了。」

湧上心頭的情感從嘴裡溢出。

莉特的臉蛋變紅了。不過我沒辦法制止自己，話語接連從嘴裡說出。

「我以前也沒發覺自己其實這麼喜歡莉特。我愛妳。我真的好愛妳。」

沒辦法，我停不下來。雖然該講什麼該做什麼心裡都沒個底，也只能直接上了。

我把右手裡的戒指遞向莉特。

「雷德……」

莉特的眼睛閃閃發亮，目光搖曳。

「如果可以，能不能和我結婚……不對，不是這樣。莉特，拜託妳。希望妳跟我結婚。我已經不是英雄了。像我這樣的對象或許配不上公主殿下。可是我發誓一定會盡我所能讓妳幸福。而且我發誓，每天早上都會為妳做早餐。」

「嗯……我也要拜託你。請你跟我結婚。我說不定會捨棄王族身分，變成一個單純叫做莉特的女孩子。不過我發誓會一直愛著你。就算我們兩人變成滿是皺紋的老爺爺和老奶奶，我也會一輩子待在你身邊。」

莉特收下我的戒指，戴到自己的無名指上。

戒指搭配莉特的眼瞳，用了顏色與她的眼瞳十分相似的藍寶石所製成，沐浴在燭台的照明下而閃耀光輝。

「我好高興……好像作夢一樣。」

或許是再也沒辦法忍耐了吧，莉特的眼中含著淚水。

淚珠一滴滴落下。

我也一樣沒辦法把這份情感強忍在心裡。我緊緊地抱住莉特，感受她溫暖的體溫。

＊　＊　＊

兩天後，中午左右。

「「「恭喜你們！」」」

響起了祝福的話語與歡聲。

今天在我家庭院舉行派對。

「你終於求婚了啊。」

「你也太不中用了。」

岡茲和史托桑來到我面前挖苦我。

「大哥你也太不直接了。」

「岡茲聽說雷德哥哥求婚的時候呀，都開心到哭出來呢。」

「混、混帳！」

是米德和坦塔。

事情被他們倆說出來以後，岡茲就紅著一張臉生起氣來。

「岡茲生氣嘍——！」

「啊哈哈，坦塔，我們快逃——」

米德抱起坦塔逃走。

嬉鬧的坦塔十分開心地笑了出來。

「莉特妳也終於要結婚了呢。」

「現在說這個還太早了啦。」

娜歐在和莉特聊天。

「妳在說什麼呀，接受人家求婚後就離結婚不遠喔。應該說要是不儘快結婚把他給綁住啊，男人這種生物馬上就會移情別戀嘍。」

「說要綁住，米德以前是那樣的人嗎？」

「沒啦……我家那個才沒那種膽量！雖然沒什麼力氣，但他可是專情的好男人。」
「真不錯耶，我也想建立像娜歐你們那樣的家庭。」
她們好像聊得很開心的樣子。
米德、娜歐與坦塔是個很棒的家庭。
不曉得我有沒有辦法建立那樣的家庭呢。
「雷德。」
「紐曼醫師，你這麼忙還特地來一趟啊。」
「當然啊。這可是雷德的訂婚派對，就算診所得打烊也要來祝福你。」
「我也來打擾嘍——這沙拉有夠好吃！」
紐曼醫師和在診所打工的艾蕾諾雅也來了。
「合妳的胃口真是太好了，那道沙拉是我做的喔。」
「咦？雷德先生是今天的主角，卻還要準備菜餚？」
「雖然不是都由我來準備，可是我就有一種心情，想讓特地來祝福我們的人吃到我做的菜，於是就做了幾道。」
「嗯——這下子男朋友評分大幅提高！莉特小姐選男友的眼光很好呢！」
這麼說的艾蕾諾雅又吃起了沙拉。

艾蕾諾雅吃得津津有味。

這也代表我做那些菜做得很值得。

「這派對真棒呢。」

「亞蘭朵菈菈。」

亞蘭朵菈菈接在紐曼他們之後過來。

「謝謝妳今天過來。」

「我當然要來啊，這可是你和莉特的訂婚派對耶！」

亞蘭朵菈菈語氣強烈地提醒我不要明知故問。

這讓我產生了很高興的心情。

「莉特，也恭喜妳喔！」

「謝謝妳，亞蘭朵菈菈。」

亞蘭朵菈菈牽起莉特的手，喜形於色。

「正是因為亞蘭朵菈菈當時在洛嘉維亞的幻惑森林推了我一把，我才會這麼地幸福喔。」

「呵呵，彼此彼此，謝謝妳讓我重要的朋友得到幸福。」

然後亞蘭朵菈菈重新面向我這邊。

「亞蘭朵菈菈。」

「雷德，我要親耳聽你再說一次。」

亞蘭朵菈菈目光筆直地看著我。

我回想起和她之間的回憶。

我是在九歲的時候與亞蘭朵菈菈相遇。

那是我在王都以見習身分進入巴哈姆特騎士團工作的時期。

對於離開家人到王都生活的我而言，亞蘭朵菈菈感覺就像年紀大我許多的姊姊。

在那之後，已經過了許久的時光。

「亞蘭朵菈菈，我要和莉特結婚。」

「嗯。」

「我很幸福喔，謝謝妳。」

「唔！」

亞蘭朵菈菈跳到我面前抱緊了我。

「亞、亞蘭朵菈菈？」

「我一直都很擔心你！你一直勉強自己擔負一切！我覺得你如果一直這樣下去一定會死！可是又沒辦法阻止你！」

「……的確啊，對不起，莅莅姊，我一直讓妳操心了。」

我本來顧慮著周遭目光而打算用手把亞蘭朵莅莅推開，可是聽見她的嗚咽聲後，我的手就停了下來。

亞蘭朵莅莅她在哭泣……重要的朋友一直都很擔心我。

「謝謝你變得幸福，雷德。」

亞蘭朵莅莅聲音顫抖地對我這麼說道。

我真的交到了很棒的朋友。

＊　＊　＊

看準亞蘭朵莅莅冷靜下來的時候，這次換成梵他們過來。

「恭喜你，雷德先生，我還不太懂結婚之類的事，但感覺得到你很高興喔。」

「恭喜妳，莉特！嗯——！這種氣氛真棒，我也好想快點跟梵結婚！」

莅本妲嬉鬧起來，梵則是一副不太曉得發生什麼事的模樣在那邊發呆。

也快要看不到這樣的景象了啊。

梵他們在佐爾丹要辦的事情都結束了，應該會在幾天內離開佐爾丹吧。

「恭喜你，雷德。」

「恭喜。」

愛絲妲和亞爾貝各自這麼說。

「謝謝你們。」

「沒想到會迎來祝福雷德的一天啊。我會為你們祈福，祈願你們兩人在今後的人生道路也能一直相互陪伴。」

愛絲妲以符合聖職人員的態度為我們的幸福祈願。

「就算戴密斯神不接受這份祈願，我也想為你們兩人祈禱……我最近開始覺得這才是信仰的本質。」

如此說道的愛絲妲笑了。

「剛才那有問題的言論我就當作沒聽見吧。」

劉布嘆了一口氣。

「真想不到劉布猊下會來這裡。」

「我可是德高望重的聖職人員，你們結婚能得到我的祝福可是極其難得的名譽。」

雖然說的話很有問題，但劉布好像也是在用他的方式表達感謝。

劉布響亮地讀起結婚的祈禱文。

真不愧是樞機卿。

這是一段連對劉布抱持反感的佐爾丹人民都會暫停用餐，聽得入神的祈禱。

「謝謝您。」

我就老實地道謝吧。

「……還有啊，我有件事想找你談。」

「有事想找我談？」

「這事和我無關，但仍是我身為聖職人員的責任……內容不適合在這邊說，你明天來我這裡一趟吧。」

「這樣啊。」

會是什麼事呢？

我感覺劉布並沒有惡意，明天去一趟看看吧。

後來梵他們聊了一下，就回去擺放菜餚的地方了。

「嗯——非常熱鬧呢。」

莉特來到我身邊這麼說道。

有許多人來參加這場派對。

聚集的人數遠比我的店舖開張那時還多。

岡茲他們與平民區的朋友們。

曾經一同旅行的亞蘭朵菈菈、達南與愛絲妲。

以前互相為敵並且持劍對戰的亞爾貝和梵他們。

碰巧回來佐爾丹的艾爾一行人，還有以前一起旅行至「世界盡頭之壁」的米絲托慕婆婆、莫格利姆與戈德溫。

店鋪的常客、時常光顧的醫師們、冒險者公會的冒險者們與商人公會的商人們。

特涅德市長和佐爾丹議會的貴族們也來了。

除此之外還有許多人……

「雷德先生。」

「嗯，你是？」

是一名教會的年輕僧侶。

「先前承蒙雷德先生相助。」

「我想起來了，你是維羅尼亞王國來這裡引起騷動那陣子，被盜賊公會的小混混纏上的孩子啊。」

「是的！後來我也開始練習劍法。我有請莫格利姆先生幫忙鍛造一把和雷德先生持有的劍一樣長度的武器。」

年輕僧侶以閃閃發亮的眼光看著我。

這讓我有點不好意思呢。

「雖然我還在修行，但請容我為自己憧憬的人的婚約獻上祈禱！」

「謝謝你，我很高興喔。」

儘管他的祈禱沒有像劉布那樣熟練，但那仍是十分真誠的祈禱。

「恭喜你，雷德先生！」

最後說了這麼一句話，年輕僧侶就回到教會夥伴所在的桌子那邊。

「真的很不得了呢。」

莉特開心地這麼說。

「居然有這麼多人為我們的幸福感到高興。」

「是啊……而且我在佐爾丹這個地方並不是騎士。」

「我也不是公主。」

儘管如此，還是有許多人對我們說「恭喜」。

「真是令人開心。」

「真的很令人開心呢。」

我們倆都向對方露出笑容。

這個時候……

「哥哥。」

「露緹！」

露緹、媞瑟與憂憂先生來了。

「恭喜你，雷德先生。」

「謝謝妳，媞瑟。」

憂憂先生也開心地搖晃兩隻前腳，祝福我和莉特。

而且——

「露緹……」

我和露緹面對面。

她專注地凝視我的眼睛。

我在被艾瑞斯逐出隊伍之前，一直都是為了露緹而活。

讓背負「勇者」這種極其殘忍宿命的妹妹過上幸福的生活，就是我以前的夢想。

「我要和莉特結婚喔。」

我對露緹這麼說。

露緹紅色眼瞳的目光搖曳。

她小小的嘴巴張開……笑了出來。

「哥哥現在看起來非常幸福，這令我非常高興。」

「謝謝妳，露緹能對我說這句話，比起什麼都令我高興喔。」

「恭喜你們，哥哥、莉特。」

以前我為了守護露緹的笑容而戰。

後來到了今天，換成露緹為我的幸福著想而露出笑容。

露緹成長為十分溫柔的人了。

啊啊，我打從心底覺得自己是露緹的哥哥真的太好了。

這場派對真幸福。

＊　＊　＊

派對後過了四天。

做好準備的梵一行人一如預定乘上文狄達特，出港離開佐爾丹。

吵吵鬧鬧的日子也已結束，我在店裡頭度過平凡無奇的下午。

「歡迎光臨。」

「嗨，我來打擾囉。」

進入店內的是身穿武鬥家服裝的魁梧男人……那是達南。

「原來是達南啊，訂婚派對以後我們就沒見面了呢。」

「是啊，我有些事情想做，所以這幾天都窩在房間裡頭。」

「有事想做？」

達南會在房間裡度過好幾天還真稀奇。

「嗯，總之先不說這個。」

達南站到我眼前。

「我等一下就會離開佐爾丹。」

「……還真突然。」

「不用送行，我們就在這裡道別吧。」

「為什麼啊，至少送你到城門啊。」

「沒關係啦，在這裡道別就好。」

達南豪邁地笑了出來。

待在店舖內部的莉特急忙出來。

「你已經要走了？」

「哦，莉特！畢竟我是除了戰鬥什麼都不會的男人啊！」

「我也想送達南到佐爾丹城門耶。」

「啊——怎麼說呢。」

達南用左手抓頭，然後從懷裡取出某個物品。

「我不太曉得送什麼東西給要結婚的夥伴比較合適……所以我打算送你們我老爸教我的東西。」

「這個是鈴鐺嗎？」

達南拿給我一個小小的鈴鐺。

搖一下就發出十分通透的美妙響聲。

「難不成這是達南你做的？」

「是啊……小孩子不是常常亂跑嗎？那鈴鐺的聲音會受到製作者的習慣影響，我所做的鈴鐺聲音在這世上是獨一無二的。所以小孩子無論跑到哪裡，只要記住音色就能循著聲音把人找出來。這是我故鄉的習俗，也是從老爸那邊學到的製作方式。」

「真令人意外。」

這是達南為了我和莉特的孩子準備的禮物。

「我很高興喔，謝謝你。」

「嘿嘿，反正等我殺掉魔王以後，總有一天會來看看你們兩個的小孩長什麼樣。」

達南看似有點害臊地笑了出來。

「送給你們這東西之後，我走在路上還被你們一直看著不是很害羞嗎，所以我才會說要在這裡道別。」

「或許是這樣吧……我說啊，達南。」

「什麼？」

「我能夠和達南你一起旅行、成為戰友真的是太好了。」

「我當然也一樣！無論是你還是莉特都是令我驕傲的朋友！」

達南這麼說之後，分別握了我和莉特的手。

我這輩子想必都不會忘記這強而有力的手吧。

「再見了，雷德、莉特……你們要好好過日子啊。」

就這樣，達南離開了佐爾丹。

＊　＊　＊

有相遇，也有離別。

英雄們離開佐爾丹，佐爾丹的日常生活恢復為符合邊境的感覺，既無聊又幸福。

接下來要準備婚禮啊，我得好好努力才行。

……不過還有一件事一直懸在我的心上。

那是與世界的命運無關，居住在這世上的每個人都會煩惱的，十分常見的事情。

然而以當事人與其親友的角度來看，那是會改變人生的一大騷動。

我回想起那天和劉布聊過的事。

＊　＊　＊

劉布樞機卿寄宿的旅店。

我敲了敲門。

「劉布猊下。」

「是雷德啊，進來吧。」

劉布在房裡邊喝紅酒邊抽雪茄。

「這裡的雪茄只有進口貨所以很貴，這樣可不太好，你會不會覺得佐爾丹也該製作雪茄嗎？」

「天曉得。」

我聳了聳肩。

劉布放下雪茄以後，便催促我把門關起來。

我照他的指示把門關上，坐到劉布正前方的一張椅子上。

「我也不是要講什麼大事啦。」

劉布放下雪茄。

「別看我這樣，我也是在用自己的方式感謝你呢。所以接下來要告訴你的事情，單純是出自我的好意。」

「這樣啊。」

「我要說的是你的朋友，叫做坦塔的少年的事。」

「坦塔？」

他講了完全出乎我意料的名字。

坦塔和劉布應該沒有任何關聯才對。

「我身為樞機卿，有學到某一種加護的知識和經驗。」

「知識和經驗？」

「一般來說，一個人在觸及加護之前的狀態，無法識別他即將會獲得的加護。」

「嗯，聽說就連『鑑定』技能都不會起反應。」

「對，會有這種思維是因為人類連戴密斯神賦予的技能都不曉得是什麼，所以人類無法區分加護。」

「……不是這樣嗎？」

「有一種強大的加護並不是那樣，教會的樞機卿需要學習區分那種加護的方法。」

「難不成——」

坦塔的加護是……

「要是那個坦塔少年想成為在教會的權力鬥爭當中拔得頭籌的偉大人士，那就由我來當他的監護人吧。假如他沒那種想法，去找瑪羅基亞樞機卿幫忙就行，他是樞機卿當中比較『正常』的人，我也可以幫你們寫介紹信。」

「請等一下，所以坦塔的加護是……！」

「坦塔少年所獲得的責任和我一樣是『樞機卿』。」

坦塔憧憬他的舅舅岡茲以及父親米德，目標是成為一名木匠。

可是加護並不一定會為持有者完成夢想。

「如果你不想交給我，也不想讓瑪羅基亞樞機卿帶領他……就由你去引導他吧。」

劉布對我說了這樣的話。
而這當然也不需要他特別講。
坦塔可是我的朋友。
我下定決心要運用自己的知識和力量，不讓加護強行扭曲坦塔的將來。

後記

真的十分感謝翻閱本書的各位讀者！

終於來到第十集！曾是一大目標的兩位數集數，終於達成了！

只有一開始很強，責任已經結束的角色被逐出勇者隊伍後開始的故事，進展到為新的勇者送別的故事了。

身為「引導者」的雷德在沒有「引導者」責任的慢生活中獲得的事物，成功將冒牌勇者引導為真正勇者。這是繞了遠路才能迎來圓滿大結局的一段故事。

並且從第五集開始的雷德求婚記，終於也來到贈予戒指這種兩人關係進展的一大里程碑。關係從男女朋友轉變成未婚夫妻的兩人之後會如何呢？而且至今因為勇者梵而時常轉為幕後工作的露緹，下次想必也有大展身手的機會。儘管認同哥哥結婚，仍然沒有放棄成為哥哥戀人的露緹，究竟會有什麼歡樂的失敗呢？希望各位讀者能夠多多期待。

此外，要說第九集與第十集之間發生過什麼事……那就是我這輩子第一次發生交通意外而體驗到住院和手術……

距離念念不忘的動畫開播日不到兩週的那一天，我打算去吃午餐而走在外頭，被衝進人行道的汽車碾到而受了要住院兩個月左右的傷勢。

悲慘的是我用手機的小畫面看動畫版第一集，而且是在過了熄燈時間的病床上，因為腳骨折而無法翻身，就用毯子蓋住自己防止手機的光線影響他人。

人生當中真的不知道會發生什麼事，我沒有贏過汽車呢。

希望各位讀者也多加小心，交通意外可是很難熬的。

如此這般，在我住院的期間，本作品的動畫版從２０２１年10月播映至12月！

哎呀，看見自己的小說變成動畫，角色會動又會說話，可真是格外令人高興呢。不曉得各位讀者是否也有觀看？

應該也能透過串流平台或出租方式觀賞，還沒觀看動畫版的讀者也請務必支持！

鈴木崚汰先生詮釋了雷德的帥氣、高尾奏音小姐詮釋了莉特的可愛，還有大空直美小姐也完美詮釋了勇者露緹這種複雜的角色。

八代拓先生詮釋的艾瑞斯雖然令人厭惡，最後被逼入絕境的演技著實驚人。雨宮天小姐詮釋的亞蘭朵菈菈也有十分美妙的大姊姊氛圍。動畫第一季的範圍無論如何都會讓亞蘭朵菈菈登場的次數變少，希望能夠繼續推出第二季，讓我聽見更多由雨宮天小姐詮釋的亞蘭朵菈菈嗓音！

開始聊這些就會說個不停，可是後記的頁數有限，就先講到這邊。以原作作者的角度來看，這是令我十分幸福的動畫。希望各位讀者看了動畫也會有相同的感受。

池野雅博老師作畫的漫畫版本目前也順利地持續連載中。終於展現心中所想的媞瑟愉快的反應可是一大看頭，也請各位讀者支持漫畫版！我每個月也都很期待新的一話。

說到漫畫，就讓人想到外傳漫畫（《沒能成為真正夥伴的公主殿下，決定到邊境展開慢活人生（暫譯）》）也開始連載了。

作畫是東大路ムツキ老師，預定會以莉特為主角，描寫她在洛嘉維亞與雷德分別後作為佐爾丹的冒險者大展身手，而後被稱作英雄莉特的一段故事。東大路老師是擅長描繪又色又可愛的女性的漫畫家，這方面也很令人期待呢。

此外，跨媒體發展的部分還包括推出ＰＣ遊戲。

遊戲標題是「Slow living with Princess」。簡稱為「SloPri」。

故事中會有露緹突然一個人來到佐爾丹，開始和雷德住在一起之類的，與小說不一樣的劇情發展。遊玩時也可以專情於露緹。

我讀國中的時候曾經寫下夢想成為遊戲創作者，真的沒想到會以這樣的方式實現。無論是壞事還是好事，人生當中真的是不知道會發生什麼事。

那麼，這次完成這本書的過程也少不了各方人士的鼎力相助。

尤其這次我發生了意外，陷入對於作家而言非常可怕的手指骨折的狀況，真的很感謝當時倒在路上動彈不得的時候幫助我的各位。還有拚命治療我的各位醫師、護理師，以及護理師助手。然後是為了讓我無法動彈的手指與腳恢復運作，輔助我進行各種復健的各位物理治療師與職能治療師。

這本書能送到讀者手上都是你們的功勞，真的非常感謝各位。

我們在第十一集再會吧！

2022年　在莉特的布掛畫前　ざっぽん

我是擔任本書插畫的やすも。
這次也畫得很開心！

因為不是真正的夥伴
而被逐出勇者隊伍，
流落到邊境展開慢活人生

Banished from the brave man's group, I decided to lead a slow life in the back country.

賢者大叔的異世界生活日記 1~15 待續

Kadokawa Fantastic Novels

作者：寿 安清　插畫：ジョンディー

大賢者傑羅斯×（正妹修女＋正妹傭兵）＝開心又害羞的第一次約會♪

傑羅斯一行人在廢礦坑迷宮裡與舊時代的多腳戰車展開一場死鬥，又遭到生物兵器襲擊，他們被迫經歷了一場超乎想像的大冒險後平安從迷宮歸來了。接著初夏時節即將來到，患有戀愛症候群的傑羅斯、路賽莉絲和嘉內三個人要一起去約會！

各 NT$220~240/HK$73~80

國家圖書館出版品預行編目資料

因為不是真正的夥伴而被逐出勇者隊伍，流落到邊境展開慢活人生 / ざっぽん作；李君暉譯. -- 初版. -- 臺北市：臺灣角川股份有限公司，2023.03-
冊；　公分. -- (Kadokawa fantastic novels)
譯自：真の仲間じゃないと勇者のパーティーを追い出されたので、辺境でスローライフすることにしました
ISBN 978-626-352-356-2(第10冊：平裝)

861.57　　112000505

Kadokawa
Fantastic
Novels

因為不是真正的夥伴而被逐出勇者隊伍，流落到邊境展開慢活人生 10

(原著名：真の仲間じゃないと勇者のパーティーを追い出されたので、辺境でスローライフすることにしました 10)

2023年3月27日　初版第1刷發行

作　者：ざっぽん
插　畫：やすも
譯　者：李君暉

發行人：岩崎剛人
總編輯：蔡佩芬
編　輯：楊芫青
美術設計：李思穎
印　務：李明修（主任）、張加恩（主任）、張凱棋

發行所：台灣角川股份有限公司
地　址：104台北市中山區松江路223號3樓
電　話：（02）2515-3000
傳　真：（02）2515-0033
網　址：www.kadokawa.com.tw
劃撥帳戶：台灣角川股份有限公司
劃撥帳號：19487412
法律顧問：有澤法律事務所
製　版：巨茂科技印刷有限公司
ISBN：978-626-352-356-2

SHIN NO NAKAMA JANAI TO YUSHA NO PARTY WO OIDASARETA NODE,
HENKYO DE SLOW LIFE SURUKOTO NI SHIMASHITA Vol.10

First published in Japan in 2022 by KADOKAWA CORPORATION, Tokyo.
Complex Chinese translation rights arranged with KADOKAWA CORPORATION, Tokyo.